红楼圆梦

刘健 点校

【中国古典名著·红楼梦续书集成】

〔清〕临鹤山人 著

内蒙古出版集团 内蒙古人民出版社

图书在版编目(CIP)数据

红楼圆梦/[清]临鹤山人著. -呼和浩特:内蒙古人民出版社,2015.10

ISBN 978-7-204-13702-2

Ⅰ.①红… Ⅱ.①临… Ⅲ.①章回小说-中国-清代 Ⅳ.①I242.4

中国版本图书馆CIP数据核字(2015)第271571号

红楼圆梦

作　　者　[清]临鹤山人
点　　校　刘　健
选题策划　田建群
责任编辑　王　静
责任校对　贾大明
封面设计　马东源
责任监印　王丽燕
出版发行　内蒙古人民出版社
地　　址　呼和浩特市新城区中山东路8号波士名人国际B座5楼
印　　刷　武汉安捷印刷有限公司
开　　本　710×1000　1/16
印　　张　11.5
字　　数　150千
版　　次　2016年1月第1版
印　　次　2016年1月第1次印刷
书　　号　ISBN 978-7-204-13702-2/I·2652
定　　价　29.00元

图书营销部联系电话:(0471)3946298　3946267

如发现印装质量问题,请与我社联系,联系电话:(0471)3946120　3946169

出版前言

自从两百年前曹雪芹在一个凛冽的寒冬离开人世，他的巨著《红楼梦》没有终稿，而《红楼梦》的最后结局一直为人所猜测。在乾嘉时代，《红楼梦》因为有了程伟元的木刻本而广为流传，迎来了《红楼梦》的第一个传播高峰。而程伟元本八十回正文后所附之高鹗所续之四十回结局，虽给了《红楼梦》人物一个全面的交代，但在许多人看来，这个结局是差强人意，甚至是不合理的。于是，不少文人骚客拿起他们手中的笔，为这部未完成的巨著添上他们自己认为最理想的结局。这就在乾隆时代后期和嘉庆时代形成了《红楼梦》续书的第一个高潮。

这些续书作者，通过续写《红楼梦》，或是希望按自己的理想，赋予《红楼梦》故事一个更完美的结局，或是发挥自己的写作才能，把这个故事讲得更圆满。于是诸如《红楼圆梦》《补红楼梦》纷纷出版，为《红楼梦》再添一份光彩。遗憾的是，这些续作者们艺术水平、写作才能、思想深度均远不及曹雪芹，且深陷曹雪芹预设的窠臼无法自拔，不仅无法与《红楼梦》相企及，且大多不及高鹗续书，在当时就有“狗尾续貂”之讥。但是这些作者所希望的《红楼梦》人物都有圆满理想的结局，却是符合当时大众审美的，因而有不小的读者群，使得这些续书得以在漫长的岁月里不断再版，不断为读者接受，不断有人评价，且不断有人加入为《红楼梦》写续作的行列中。

到了近代，随着中西文化交流的发展，西方文化不断传入中国。近代出现的《红楼梦》续书和拟作，比乾嘉之时则显得更加多样化。续书作者除了按自己的理解续写《红楼梦》的故事外，有的则是借《红楼梦》的故事框架，抒发自己的社会理想；借《红楼梦》故事，浇自己块垒，如吴趼人的《新石头记》。还有的更是光怪陆离，把西方小说写作技巧运用到中国小说创作中来，如喻血轮的《林黛玉日记》。当代作家亦有续《红楼梦》者，他们把现代小说技巧与现代人对古代社会的理解融入《红楼梦》世界中，别有一番风采。

据统计，《红楼梦》续书大约有近百种，但其大部已经淹没在历史长河中。我们从中选择有可读性者约三十种，逐一点校出版，以飨读者。点校中，得到洛阳白河书斋晁氏藏书楼主晁会元先生大力支持，特此致谢！

敖 堃

2015 年 12 月于南开大学

序

世之阅前梦者，莫不感宝、黛之钟情，而愿其成眷属焉。

岂独阅者之心如是，即原其宝、黛之心，亦未尝不以为将来之必成佳偶也。及见黛玉身死，宝玉出家，无不废卷而太息，诚古今之恨事也。

兹得长白临鹤山人所作《圆梦》一书，令黛玉复生，宝玉还家，成为夫妇，使天下有情人卒成眷属，不亦快哉！且前传之所不平者，无不大快人心。至于文采之陆离，词意之缠绵，尤与前传称双绝。因亟付手民，以公于世之有情者。是为序。

光绪丁酉年春三月六如裔孙

目　录

楔　子

槐黄冠盖闹如云，圆梦先生夕又醺。

梦到圆来浑不了，圆从梦里总无分。

从他婢学体多涩，奈此儿嬉意自勤。

勘破三生归结案，安床架屋笑纷纷。

这首诗乃太平年间，有一梦梦先生做的。先生少年本号了了，因读诗到“人生若大梦，何苦劳其身”两句，他就绝意功名，不谈经史，逢人只说梦话，因自改此号。

一日，忽梦到一座红楼里面，见一姓高的在那里说梦话。

悲欢离合，确当世态，实在听之不倦。因即绕这楼四面去听，说梦的不止一家，较那姓高的所说相去远甚。正在吟诗纳闷，忽见来了警幻仙子，对他笑道：“梦者，觉也；觉者，梦也。有了《圆觉经》，岂可没有《圆梦传》？我现有三十卷《圆梦传》，你快拿去顶礼罢！”那先生接来，打开看时，只见卷中端的有头有尾，前书所有尽有；前书所无尽无。一树一石，一人一物，几于杜诗、韩碑，无一字无来历。却又心花怒发，别开生面，把假道学而阴险如宝钗、袭人一干人都压下去；真才学而爽快如黛玉、晴雯一干人都提起来。真个笔补造化天无功，不特现在的《复梦》《续梦》《后梦》《重梦》都赶不上，就是玉茗堂“四梦”，以及关汉卿“草桥惊梦”也逊一筹。先生不禁拍案道：“有此一梦，何必更圆？有此一梦，何必不圆！”

要知端的怎样圆法，正文分解。

第一回　禅关花证三生果
幻境珠还再世缘

话说贾政自葬母北还，虽升任京堂，无如家中总入不敷出。

不上一年，贾赦旧病复发身故。贾琏夫妇坐草百日，不便管帐，就命宝钗协理；宝钗以节省为名，府中人逐渐散去。宝玉房中丫头，因宝玉迁怒他人——除袭人已嫁琪官外，碧痕因那年兰汤午战，水入子宫，不久得了水臌症，就不在了。所余麝月，宝钗将他配了钱启，秋纹配了锄药，春燕，他妈乞恩放了出去，已嫁了家。只有五儿誓不嫁人，情愿出去在母家守着，无如柳嫂子小厨房已撤，毫无出息，想回南另图，告假准后，便到各处辞行。因到惜春那里，惜春见了，就命紫鹃拿脚踏与他坐下。五儿正要坐时，忽报芳师父来了。五儿本与芳官最好，便道："你来得正好，我们要回南去了。"遂将原故说出。芳官听了，沉吟半晌，道："你们要去，可略停数日么？我早要回家葬亲，无伴迟迟，难得婶子、妹妹要去，同行可不好么？"五儿道："如此更好！你可赶紧收拾，我们路上更不寂寞。"遂定了一个吉日。芳官回去收拾完了，便到荣府中同柳氏母女启行。仲春天气，日暖风和，一路无话。

一日，过了露筋庙，芳官要进六闸子仙女庙那里去寻哥子，另雇了一只里河船，与柳家作别而行。那知到了原处，村落荒凉，人家非旧，芳官无从访问。天又将晚，正在徬徨，有人说道："离这里三四里地有一女庵，你也是女菩萨，何不且往那里一宿，再细细访问？”芳官谢了那人，就把船放到庵前，将船钱付讫，携了行李上岸。

只见一林修竹，半顷荒蒲，极其闲静。忙去叩门，走出一佛婆来，问明缘故，便道：“这事要问庵主。”去了一会，出来招手道：“庵主说请。”芳官随着进去。转了两弯，将入云房，不禁大叫道：“了不得！你不是妙公么？”妙玉道：“芳妹，你别怕，我在此已久了。你且住下再说。”一面叫人将行李搬进，一面备斋。芳官无可如何，只得坐下，便问：“师父，何故在此？”妙玉道：“我尸解后才知宝、黛之事。本因情痴罚作怨偶，后来上帝却怜夫义妇贞，且深恶宝钗、袭人一干人阴险异常，另有一番报应，兼因荣国府运当中兴，上帝已命林姑娘还魂，与宝二爷完聚，还要大做事业。但我已尸解成仙，不必露相，等你来交代与你。你住一两日，我指引你到他祠堂里去。你同来的人已先在那里，正好办事。”芳官听他说来如此有端有委，便住下了。

过了数日，妙玉又付他一粒定魂丹、一钱人参、四两燕窝，叫一只本地小船，送芳官到林氏祠堂去。摇了数里，已到门首。

只见五儿先在那里，彼此大惊问故？芳官将上项事告诉一遍。

五儿道：“这里看祠的王元是我姨表姊丈，因他母亲王妈妈没了，故表姊将我杨家姨母一家接了来。我们到那里知道了，故赶来的。”遂同进去，见了柳氏姊妹杨家的，就留芳官暂住，以验妙玉之言。

那芳官次晚同五儿先到黛玉坟上，只见前有一洞，中有几个大白老鼠探头探脑，见人便进去了，彼此诧异。次晚老鼠更多了，五儿令王元先向营房借一帐篷支起。到十五子时，只留王元一人在家，大家都到坟上，见一大堆白老鼠将坟围满，见人来四散走了。

忙上去看时，坟土已全爬开，并棺盖亦已撬松。五儿、芳官遂将棺盖轻轻揭起，只见黛玉已鼻端有息，眼角微开，众人未敢惊动，只听得“咳”了一声，喉中吐出一浅红色圆珠，便开口道：“这是什么所块？快扶我起来！”柳五嫂究有些担当，忙把预备的剪子将外绵剪断，连衾抱在藤榻上。抬到祠中，权在芳官床上卧下，即将定魂丹送入口中，用参汤灌下。黛玉面色渐渐红润起来，叫一声：“五儿妹妹，这究是那里？”五儿道：“姑娘新愈，且慢慢说。”黛玉道：“我很饿，有稀饭么？”芳官道：“有。”忙将燕窝粥送上，黛玉喝了一半盏，收去。重问道：“我刚才梦中，见我们姑太太将我一推，道：‘老太太等你家去，快去罢！’我就醒了。紫鹃在那里？”五儿和芳官打谅无妨，两个遂将前事一一说明。

黛玉听了又问，问了又说，不觉已是辰牌时候，柳嫂子也进房来了。原来柳嫂子扶进房后，即到坟上收拾。棺内除衣饰外，余俱珠子，多是前世先后泪珠所化，大小不等，共有八斗有余。因一齐搬进房中，仍将坟上掩好，然后再来看黛玉。今见黛玉精神已复，不禁彼此大喜。芳官便说：“妙师说过，姑娘还魂后就到他那里说声。”黛玉亦是感激，道：“既如此，吃了饭去。我歇息一日，明日再去罢！”芳官答应了。

午后到庵，见了妙玉，将此事一一说知。妙玉道：“很好，我的事完了，这里可交给你了。”芳官又言：“黛玉感激，明早还要亲自来谢呢！”妙玉道：“这倒不必！只我这屋子里的书画，院子里的花木，颇不俗，可惜与他住几时，横竖白空在这里。”芳官不懂，只有答应，坐了半日，仍回来了。天色已晚，与黛玉说不数句，五儿已端饭进来：一碗火腿，一碗虾米白菜，一盘姜丝干子，一盘灰蛋，一盂饭，一大碗稀饭。黛玉道：“我们再世姊妹，断不可拘礼！”命芳官、五儿一同吃了。

次早起来，梳洗完毕，向祠堂烧了香，即同芳、柳诸人坐船去谢妙玉。到时，岸上佛婆、侍者乱招手道：“好了，好了！”芳官问故？齐道：“你昨去后，庵主对我们说：‘明日，我要一所块去。此地将来自有主者，此时，你们总听芳师父调度！’我们只道你们来了再去，那知早晨到房里去就不见了，正没主张在这里。”芳官听了，就同黛玉到房，只见桌上留柬帖一张，云：“随缘而来，结缘而去。他日重逢，金牛捕鼠。”又书一封与黛玉的，上有偈言道：

绛珠菲菲，三生共依。鲛人化泪，五福之机。
恩覃棠水，名播椒闱。青梗有客，跨凤而飞。
小星三五，让月腾辉。旌旗双引，西浙南畿。
海山甲子，白首同归。红楼圆梦，敬告湘妃。

又有三小缄，多注明日子，临时才发的。

大家叹息良久，芳官道：“我一人在此也怕，那边屋子也窄，姑娘何不也搬了来？”黛玉道：“我是再世的人，早有出世之意，如此甚好！”芳官道：“看这偈言，姑娘出世是不能的。妙师父原说借你，不如且在此住下，再打发人去荣府送信。”柳家的也说：“很是！”

要知黛玉毕竟如何，下回分解。

第二回　西域卖珠致奇福
南州赈粟荷隆恩

话说黛玉与五儿一干人同搬到竹林庵后，随即打发王元进京，到荣府中送信。王元在路晓行夜宿，不止一日，到了都中，直投荣府。只见大门上静悄悄的，王元深知规矩，未敢擅入。

等了一回，林之孝出来见了，彼此拉手问好，因问他为甚北来？王元就将黛玉还魂一节说了一遍。林之孝甚为诧异，便道："老爷现在衙门里去了，就来的。来时一同去回。"不多一刻，见抬了一乘绿呢轿子来，后面跟着骑马的数人，到了二门，下了轿进去。随有几位司官也跟着下了车。进去画稿。林之孝等公事完了，方同王元上去请安。

贾政一面看信，一面道："奇"，又问了王元一回，道："你且住着，我商量起来定局。"即到上房，王夫人已得了信，道："这作何办法？"贾政道："老太太嫡派只这外孙女，既然重生，断无任他住尼庵的理，必须接来。但所遗衣饰，太太可捡出来，派定女人同去。外边我自与琏儿商量定了，就差人同王元去。"说着，仍到书房去了。

那时，李纨、宝钗、平儿等都在上房议论纷纷。平儿道："林姑娘与紫鹃最好，衣饰等物只他明白，打发人去，他是必要去的，但四姑娘处又没人，怎好？"恰好惜春同紫鹃也进来了，大家又说了一回。惜春道："紫鹃本林姑娘的人，我没有占他的理，其余诸人又未必情愿。”宝钗道：“我想入画是你旧人，本无甚不是，不如且叫他来做伴再商。”王夫人道：“很是，但要再派一成房家人，路上方便。”平儿道：“李贵的媳妇雪雁，也是林姑娘旧人，叫他去便了。倒是林姑娘的衣饰，已当十之七八，此刻赎起来不菲呢。”王夫人道：“只好拣要紧的赎了些去。”随命紫鹃跟了薛、李二人，清厘当票。平儿去告诉贾琏，打算银两。

过了两日，李贵夫妇同紫鹃、王元四人叩辞起行。贾政因恐黛玉来时盘费不敷，适甄国公新调了两江总督，遂写信托他照应。李贵等一路无话，到了清江，忽听得荷花荡口子开了五百丈，下湖一片汪洋。这一惊非同小可，急忙换船赶来，到庵前一看，安然无恙，方才放心。

却说黛玉在着庵内，因妙公所留第一缄，已经届期，拆开看时，乃一首七绝云：

明珠一粒宝中涵，月黑风涛仔细探。

侍女牵萝太寒乞，从兹豪贵冠江南。

下细字注明“六月朔日，将珠悬挂门首，勿误！”黛玉因命柳家将所留明珠取出：大如鸡卵的六十粒，大如桂元的三千余粒，次如蚕豆、白豆者不计其数，共有十万八千粒，分别收起。

恰好五儿的姨妈杨家的来说，他男人杨朴洋行里有几个碧眼洋人，因望气知庵里有宝，特来求看。黛玉知有些来历，就将异样顶大的付看。他大惊叹绝道：“宝应湖中本有五宝，今庵主已得其三，无可希冀。只内如葫芦上半截的这珠，乃我国龙华塔镇塔念珠的佛头，后来被毒龙攫去，遍寻不得，今亦在此，如肯卖时，情愿重价。”柳嫂子进去回明，黛玉想留之无益，便叫他将这里宝珠一一指出；那珠就送与他，不必论价。

那人大喜，便道：“那绛珠乃护身却病之宝，那黄色的是蛇珠，能定风辟火，那黑色的是蛛珠，能破雾辟兵。”其余怎样的是夜光，怎样的招凉，怎样的是珠母，一一说个明白；又道极细碎的叫珠尘，若烧令存性叫元霜丸，可染须发并令速长。因道：“我本想在此做些事业，故开此洋行，并在甘泉山石仓囤米十万石，以俟时来。今物既有主，又承送我佛头珠，我立刻要回本国，另图事业。愿仿扶余王遇张一妹故事，将洋货店本廿万及米十万石送与庵主，以结后缘。”黛玉初不肯受，当不得那人晚上将锁匙、帐簿分别封固送来，自己已飘然去了。

黛玉只得命柳嫂子及芳官前去，和杨朴逐一点收暂管。

那知到了五月三十，风雨大作。黛玉想着缄中话，傍晚将所藏蛇蛛珠挂在大门。到了三更时分，只听得风涛声、呼号声不绝，不敢开看。直至初一下午，水也渐落，天也晴了。杨老敲门来说：“昨夜，外面人家已冲去无存，只有庵后几家仗庵挡住，得以无恙。”大家诧异。

隔了数日，忽有人叩门，芳官只道是王元回来了，开门看时，却是本图保正。因本县要下乡勘灾，来借公馆。芳官不依，保正道：“明日同了公差，硬来铺设，看你依不依？”芳官回了黛玉，正没理会。

次日清晨，打门乱响。芳官道：“又来了。”及出问时，恰是紫鹃一干人，忙开了进来，彼此问好。芳官道：“姑娘没起来呢。”正说道，五儿出来道：“姑娘请紫姊姊进去，雪姊姊早有别的主子，不必进去。”雪雁红了脸道：“这怎么说？”紫鹃道：“姑娘的脾气你还不知？我先进去，自然替你再回。”

随同五儿进去，见了要行礼，黛玉不肯，拉手哭了一会，便道：“我同你是再世姊妹，此后别叫姑娘。”紫鹃只得答应，又替雪雁回了。黛玉沉吟半日，道：“既如此，外面见罢。”

黛玉出来，雪雁忙赶上来，黛玉道：“雪姑娘是客，快请客位里坐。”雪雁听了，忙跪下道：“奴才与紫鹃一样是姑娘旧人，姑娘还要一视同仁，何苦糟蹋奴才？”黛玉道：“紫鹃那里比得上你，你——我未死已爬上别的高枝去了。”雪雁知话中有眼，忙磕头道：“奴才知

罪了。这都是凤二奶奶诡计，姑娘可怜奴才上了当罢了！”说了又碰头。黛玉叹了口气道：“且起来，里面说话。”

五儿又替王元等回了，他们三人就在院子里行礼请安。黛玉道：“来得好！地方正在此放肆，为借公馆要拉芳官到官呢！”

李贵道：“本来老爷有书给制台甄大人，托他照应。甄大人现在查灾在扬州，明日带了书去告诉，看他还敢放肆么？”黛玉道：“也好，你们就去办，省得费唇费舌。”随同紫鹃等进去说话去了。王元便让李贵去吃饭，饭后即向甄大人处投书。

次早王元到庵，只见保正同了几个公差，在殿上吵着。王元上前相见道：“这是林府的家庵，休得混闹！”保正道：“什么家庵不家庵，你来管，就锁你去！”那几个做歹做好，正要讹钱，忽见门前又来一船，走上一个来，道：“王老二，怎么样？”王元道：“他们要拿我呢！”后面一军官，拿起马鞭向保正就打。保正正待发作，又一个喊道：“还不给二太爷们请罪！这是大人亲戚，昨晚去投了书。大人大怒，连本官几乎要参，求了个难，才差这位副爷来看，你还不懂事？”众公人看时，却是本县兵房。大家慌了，方向李、王哀求。王元道：“谁叫你太狠？这回儿知道了！”随进内，回了黛玉。黛玉道：“得饶人处且饶人。”众方散去。李贵又回：“昨制台门上说，奉旨来勘灾的就是我们大人，约月里可到。”黛玉命李贵歇息数日，即赶上去。随后将不再来京缘由，写成一禀，令往探投。

李贵行至山东境上遇着贾政，投了书。贾政命先回庵，俟到扬后再亲自去看。黛玉得信，日在庵中等候。不一日，报贾政到庵，黛玉连忙接进。行礼毕，在中堂坐下，便亲送了茶，方才侍坐。贾政道：“王元来说，姑娘回过来了，我同你舅母喜欢得了不得，就来接你。怎么说不来？就外道了。”黛玉站起来道：“甥女小时在府里，蒙老太太同老爷、太太待如亲生，感激不尽。后来不善调摄，以致夭折；又蒙殡殓送回，实在无恩可报。但回生过来，世缘已淡，且思前事都如梦中，决计在庵焚修，不再受红尘懊恼了。”

贾政见黛玉道装，心里很不舒服，道："姑太太只留你一脉，九泉之下也望你如中郎王粲故事。这样如何使得？我连日公事烦心，稍闲总要接你去的。"黛玉不好驳回，便说开去道："舅舅，甚事烦心？"贾政道："现在饥民百万，天天吵赈，无如扬州仓谷早亏空完了，向绅商写捐，又缓不济事；且外江米商船只不到，真正没法！"说罢，搓手。黛玉道："如此甥女还有几石米，舅舅且用着如何？"贾政笑道："姑娘究竟不知世务，现在煮赈共有十厂，每厂一日要四五十石。你就有几石，中什么用？"黛玉道："甥女所得约有十万石，舅舅且用着，再招商便了。"贾政听罢，立起道："这话真么？"黛玉道："甥女焉敢说谎？"贾政大喜道："既如此，这就叫林之孝传谕办理。"自己也在庵中吃了饭，回公馆遂命文武官员分厂赈济。

后事如何，下回分解。

第三回　贤郡主鸾诰膺封
痴郎君虹堤奏绩

却说贾政回扬之后，将此事告知甄公。甄公道："令甥爱此举，上可宽圣主之愁，下可救百姓之命，功劳不小。须当奏闻奖励才是！"贾政道："奏知使得，但是舍甥女不便列衔。"甄公道："内举不废亲。若这么说，大人倒小气了。"贾政只得列衔同奏。

不一日，折子批回，道："盐运使林如海之女黛玉孤露庵居，清贞自守，乃能于斗米万钱之时，善继父志，捐米煮赈至十万石之多，实堪嘉尚。黛玉着恩封'淑惠郡主'，赏与北郡王太妃为女，即着北郡王选择佳偶，奏闻赐婚。钦此。"

甄公道："我欲自去宣旨"。贾政道："我当奉陪。"

次日，起身到庵，只见芳官等已先在伺候。甄公便请郡主接旨。黛玉出来仍是道装，贾政只道："谢了恩，再换命服。"那里知道宣旨已毕，黛玉不慌不忙奏道："一介女流，蒙皇上格外洪恩，天高地厚，粉身难报。但孤露余生，不愿受封。尚有陈情表章一道，求大人转奏。"这表黛玉于昨晚得信后，已先预备。甄公忙将副本启看，不特情词悱恻，就是这笔簪花书法，已堪钦敬。看完了道："自当代奏，但恐圣上未必肯依。"贾政也没法，遂同吃了两道茶，仍回公馆。

恰好甄宝玉因省亲到扬，过来请安。贾政出见，本系宝玉同年，又见他仪容举止，十有八九，不免动了个见鞍思马之意，虽勉强支持，送客去后，叹了几口气，闷闷不乐。晚饭后，恰好包勇来告假，跟甄公子去金陵家中看看。贾政道："他明日就去么？"包勇道："明儿一早就走，不过三五天耽搁就来，奴才仍旧同来。"

贾政点头应允，随即上床。想宝玉疯病，据他母亲说，实因黛玉而起；莫不是逃走出家，也因黛玉。又想起黛玉之母，从小与我最友爱的，不幸身亡，单留此女。我原该立定主意，将黛玉定为媳妇，如何出门时，草草聘定了宝钗？这总是太太姊妹情深。姑嫂念保故自己外甥女，便要聘来，我的外甥女，便要推出。抬老太太作主，叫我不敢不依。其实黛玉为人，又稳重又伶俐，开首来府中，人人称赞；老太太也珍爱他同宝玉一般。后来呢，总为琏儿媳妇在老太太面前说长说短，又在太太前说白道黑，即便赞他，也是暗里放刁，形容他的尖利。后来太太也一路说去，老太太也不大疼他，我在中间，岂不知道。好好的荣宁两府，被琏儿媳妇弄得家破人亡，人命也来了，私通外官也来了。直到而今，还落下个重利盘剥小民的名号。毕竟是他妒忌黛玉，只恐做了宝玉媳妇，便夺他帐房一席，故此暗施毒计，将黛玉气死；便又迎合太太，娶这宝钗过来，忠忠厚厚不管闲事。我且闻得，吉期宝钗还借了黛玉的名哄宝玉，才得做亲，岂不可笑？就是宝钗委曲相就，也甚可耻！昨日看黛玉奏章内，如"两小无猜，桃偏短命；三生有恨，兰自孤芳"，以及"远锺建负我之嫌，甘右军誓墓之举"等语，已隐约说在里头。万一圣上查究起来，自家贵妃丧中娶妻，比琏儿娶尤二丫头作妾，其罪更大，岂不可怕！若得宝玉回来，我索性奏明，仍将黛玉娶来也罢了，偏又没找处。翻来覆去一夜没睡着。

到了五更，朦胧睡去，只见贾母走来道："这事是我的错。但他二人团圆近了，府里也就重兴。你莫着急！"贾政醒来，已是红日满窗。去拜甄少爷时，已早走了。

却说甄宝玉同包勇到了南京，住了两日，仍即赶回。路过栖霞，忽听得有人在林子里念诗，不胜诧异。及细寻时，却是一鹦哥在树上念黛玉的《葬花诗》。甄宝玉要捉他时，又飞过河去了。赶到渡口，明写着："迷津渡"，因即渡了过去。那鸟又在前念诗，赶去又走。转过几弯，有一小茅庵。那鸟飞进去道："宝二爷，宝二爷来了。"甄宝玉也进去看时，一人与己无二，发起怔来，道："你可是宝二爷？"那人也道："你可是宝二爷？"甄公子道："你是假的！"那人道："你是真的！"因起来拉手道："寒舍一别，悠忽数年。因弟弃家外出，久未接教。"甄宝玉方知原是宝玉，便道："那年幸列同榜，即造府奉候，仅见令侄同年，知兄已迷失，不想在这里遇着。现在年伯因堤工紧急，家父同在扬州，兄极该去定省才是。"

贾宝玉道："弟此行原为家父堤工而来。但家父庭训，兄所稔知，要年伯为之先容才好！"甄宝玉欣然应允，一面令包勇通知，一面并马入城，同到制台署中。甄宝玉替贾宝玉回明原故，甄公也欣然先打道去拜贾政，随后两位宝二爷一同到公馆，贾政即命传入。

贾宝玉见老爷同甄公坐在上面，忙即跪下。甄宝玉也欲陪跪，贾政忙用手扯住，一面喝宝玉道："你这死不了的畜生！今日也见我么？"宝玉忙碰头，贾政究竟心痛，随转过口道："今既甄年伯说情，暂且饶你，可将你这几年在外光景，一一禀来！"宝玉忙打千道："儿子出场迷失后，就跟了师父在庐山竹隐寺打坐。前日，师父忽叫我道：'你俗缘到了，你父亲的大功也要你去，才得完竟。'因给儿子一瓶泥，叫做'息壤'。就领儿子到这葫芦庵坐着，道：'有一同你一样的人，就来了。'坐不半日，果然甄年兄来了。"甄公道："可见事有定数。如今难得大人骨肉重逢；大功即峻，岂不大喜！"贾政道："这是小子们谎话！大人也信他呢？"宝玉打千道："师父吩咐，明日未时是四巳未，便可施工。叫儿子仍旧僧装，将泥布洒，便有效验。"贾政道："一派讹言，明日不准，再问你！"

到了次日，等至未时。宝玉戴了毗卢帽，披上袈裟，一双白足，在顶溜处洒泥，念大悲咒。只见那水，始而势甚汪洋，到第二遍，水势渐杀。直至第三遍，便露出泥来，可以施工，因即赶紧不埽。不一时，口子就合龙了。两岸堤上人千人万，多跪下叩头，道："这是圣上洪福，才有这样活神仙下界。"

甄公一面请宝玉易服，一面和贾政道喜，商量奏稿。贾政道："小子侥幸成功，万不可归功于他！甄公那里肯依，竟六百飞递奏闻了。

这里贾政便同宝玉仍回公馆，心里兀自喜欢。想起黛玉来，是宝玉心上人，况此刻彼此都算有功之臣，尽可办前晚间所想之事，便道："你林妹妹回过来了，你该去走一遭。"宝玉答应。

次早一骑到庵，先是李贵、王元等迎着请安，随进内见了芳官，道："那日太太打发你去了，我心如刀割。不想，如今又得见面，凭你怎么，不放你去的了。"紫鹃、五儿也即出来请安，宝玉道："好，好！我们如今可以长在一块儿了。"紫鹃道："有句话你莫伤！郡主说，今日不能见你。有对一副、珠一粒，你对上，将珠拿去。"宝玉接过看时，那珠是浅绛色的；对上写着："空不异色，色不异空"，便问："这珠那里来的？"紫鹃道："这是郡主回生时，口中吐出来的。"宝玉心下领悟，拿起笔来，对道："佛即是心，心即是佛。"写毕，就将自己这块玉搁在上面，将珠及对上联收起，道："不必见了！烦你送了进去就是了。"

原来黛玉心中本有宝玉。因现在抗表辞婚，不便先见，故以此试他。那知宝玉静坐了几年，心下明白，不像前番粘滞，所以竟以珠易玉，又似参禅，又似送聘。那时五儿忙接过来，送进去。宝玉也不等回复，回去了。

不一日，黛玉辞封折子批回："不准辞婚，只准修墓。事毕，然后缓程进京。"一日，宝玉折子也批回了，道："贾政父子有功于国，贾政升授兵部尚书，所遗之缺，即着宝玉补授，加封子爵。"又一旨与甄公道："前此林黛玉辞封表内，似有不得志光景，经朕看出，细询北郡王，当将原委奏明，也深为抱屈。因宝玉没寻处，难于位置。

今既来扬，又他二人，一奠民居，一济民食，俱建不世大功。特降此谕。”命甄公即速料理，先为完婚，俟秋凉双双回京，以偿夙愿。并令钦天监择了八月十六日婚期，赏了金莲烛一对，命服两袭；又加赏黛玉，太监八名，宫女八名，金如意一枝，玉剑一具，随后进发。甄公不敢怠慢，即至公馆，邀贾政同去。

那知黛玉虽心有宝玉，但他已悟道，全不在世俗恩爱面上。前日见宝玉之对，叹为知己；如今忽有此举，转觉多事，所以只推病不能出见。甄公便问贾政，贾政也没理会，便问宝玉。宝玉道：“有缘无缘，总是前缘。大人不用急！”

贾政愈觉诧异，因想紫鹃与黛玉最好，复打轿到庵，屏去从人，与紫鹃细细讲明，托他与黛玉前设法圆全；并向紫鹃打了一拱，吓得紫鹃连忙避开，然后回道：“奴才们敢不尽心？但终不便上台盘。甄少奶奶李三姑娘与郡主旧好；又是表姊妹，现在南京，何不请他来？便好入内了。”贾政大喜，便与甄公商量。不三日，便接了李绮来庵。

初到这日，彼此叙旧，却未提起。次日，李绮又到卧房坐着。紫鹃回道：“妙师第二封柬帖写的今日之期，在那里开看？”黛玉道：“仙师柬帖必须拜读！待我挣起来。”紫鹃与李绮丢了眼色，李绮差人赶去通知。这里黛玉梳洗已毕，至佛前焚香，将柬帖拜读，又是一首七绝：

双双跨凤了前缘，夫贵妻荣四十年。

明月二分照乔木，红花碧柳更啼鹃！

黛玉心里明白，默然坐下。忽报甄公要见，黛玉只得出来，甄公将廷寄的话说了一遍。黛玉谅难推辞，便站起来道：“圣恩高厚，遵旨便了。尚有不尽之言，当托尊少奶奶转达。”甄公大喜而去。李绮便问：“尚有何事？”黛玉道：“将来办理，须要就在祠堂，庶算父母之命。至芳官等三人俱生死姊妹，必要同在一处。”李绮道；“这却不难，但芳官这一头青丝怎样呢？”郡主道：“这也不难，我这里有元霜丸,涂上一晚便可长出。但恐芳妹不肯。”李绮道:“除非如此如此。”黛玉点头道:“妙!”

当日午饭,李绮正席,黛玉对面,芳、紫三人打横坐下。吃酒中间,行起“打五更令”来,把芳官灌得大醉,又像前在怡红院里,不知人事了。大家扶他睡下,忙将丹化开涂上。及至芳官醒来,头上奇痒,用手搔时,却又碍手;忙起来照镜时,竟如如来螺髻一般;用水洗开,已有二尺余长。芳官发狠,仍旧要剪。黛玉忙将剪子夺下,力劝了一番,才得安静。紫鹃忙将余下的元霜丸,托李绮即送去与宝玉,一样涂上。

欲知后事如何,且听下回分解。

第四回　谐凤卜珠环赐卺
惩鸠占金伤别离

话说李绮就将黛玉所嘱之事，去告诉甄公。甄公与贾政商量道：“紫鹃三人之事，俱见贤慧，惟有叹服。只祠堂迎亲一事，究嫌路僻房窄，不若将扬州天字第一号公馆内三厅，改为林公祠堂，安置林公夫妇栗主；楼上为‘御书楼’，贮放赐物，庶乎两便。”李绮又到庵来，大家接着说话。

忽报外面有一女尼要寻芳官，命即进来。看时，却是蕊官，便问缘故，蕊官道：“藕官，四月里忽梦药官哭着邀他同回南去，醒来告诉我。我说他见你回南，故日有所思，夜有所梦。那知次日便有些发烧，日甚一日。到七日上，对我道：‘和你假夫妻数年，不忍相舍，但今日药官必要同回，又却不得。我去之后，你能将我二人送回去，便可以真易假，共了青缘。’我哭着允了，藕官就没了。我今携他二人骨殖回来，顺便看你。”芳官未及回答，黛玉道：“来得正好！我们去后，你竟在此住持，并就近觅一骨塔，不好么？”蕊官就住下了。

隔了两日，甄公来说：“御赐物件及太监、宫女等俱已到扬，请郡主进城。”郡主当即收拾，下船动身，午刻已抵东关码头。先是太监、宫女等叩见，随后王府所拨四品护卫一员禀叩，并奁具单呈上。随即吹打放炮起岸，一对对龙旌凤旛，雉扇鹊炉，后一把七凤金黄

伞，过来便是冠袍带履、香巾绣帕、漱盂拂尘等物。一队队过完后，后面方是八个人抬着一顶金顶红呢大轿，缓缓而行。随后三乘青呢四轿及小轿、跟马不计其数。到了头厅，太监跪请下舆。郡主先到二厅，向北三跪九叩。谢恩毕，复至东首祠堂行礼，后退入上房，吩咐："一应禀贺人员，概行辞免。"方与紫鹃等一面将住屋派定，一面将京师带来各信拆看，以及十六应办事宜。黛玉便授意紫鹃等告知李绮，转告甄公办理。

到了这日清晨，甄公盛服，全副执事，到公馆禀贺，禀知吉时。随请甄公西厅小坐，命护卫持北静郡王名帖，并王府仪从，请郡马入赘。

宝玉朝服乘坐八轿，到了府门，将职名递入里面，传点放炮，护从等威武三声，开了大门。宝玉下轿，同守宫太监至内宅门，禀行国礼。里面三吹三打，郡主升坐，太监将职名递与宫女，宫女递与紫鹃，紫鹃呈上，过目后，吩咐免礼，打拱。宝玉朝上三拱，退出至大厅等候。只见庭燎绕空，香屑布地，金堂玉槛，绣户锦帷：说不尽帘卷虾须，扇移雉尾，真是"金门玉户神仙府，桂殿兰宫贵主家"。

等了一回，又见里面先是廿四名女乐奏着笙歌，随即提灯、宫扇，双双引道。然后簇拥郡主，花团锦簇出厅西立，太监遂引宝玉并肩东立，拜了天地、和合，一同谢恩谒祠。然后退入上房，照南方例，行合卺撒帐等礼毕，随即双排仪从，到贾政公馆拜见，贾政关门，谢不敢当。

回府后，又传点开门，郡马、郡主双双升座，紫鹃等三人先上来叩见，立受两礼。随后太监、宫女叩见，王府四品官及护卫人等叩见。然后护卫即将扬城文武百官及绅商人等禀贺，职名递进，郡主道："甄公，不劳各官，免！"纷纷退去。

太监等重又摆团圆家宴，请夫妇二人入席。女乐们登场唱戏，至月上始散，送入洞房。那时，正玉谿诗"八尺龙须方锦褥，已凉天气未寒时"的光景。做书的懒说俗套，想两玉儿自不免俗一俗套一套了。

次日早晨，贾政来府，开门请轿。宝玉至大厅引道进来，到内宅门，郡主也搀扶接出，同入上房，请贾政升坐，贾政不肯，立受两礼，然后入坐。郡主送茶，贾政止住。郡主道："黛玉本系老爷甥女，又在府中生长，与亲生一样，正该格外侍奉。现虽蒙恩受封，还求老爷不拘俗礼。"贾政道："郡主前在政处，诸事不周，方深愧歉！此番蒙恩赐婚，正如'凤入鸡群'，叨光不浅，诸事还望海涵。"郡主谦不敢当，随又将紫鹃三人吉期回明。贾政道："但凭郡主。"因即叫宝玉同了去谢甄大人去了。

过了一日，先与紫鹃圆房。这夜宝玉便问："那时郡主故后，我找你，你总不理我。后来我要还和尚玉时，你又同袭人拉住我，什么道理？"紫鹃也笑道："不是郡主坐了西洋自行船来了，我还不理你！但是我早看得出你们光景。那时，我托姨太太做媒，姨太太故意说我，要等姑娘嫁了，好择一个小女婿。再不道小女婿就是你呢！"

次日，轮到芳官。宝玉便问他："头发长得能快？"芳官就将元霜丸的缘故说出，宝玉说："这丸药本好，我的头发也就是这样长的，但不如你又黑又光。老实说，你这头发，怡红院里洗头时候，我早赏识了。"到五儿这夜，宝玉又说起："那前日，我病叫你伺候，刚到好时，被薛、袭二人故意查问，以致冲散；如今也过明路了。"

不说宝玉在这里如花美眷，似水流年，及时行乐。却说宝钗在京，屡得江南消息。因思天已渐凉，自己虽尚可支持，但薛姨妈处寒衣等俱未周备，近边又一无可商。闻黛玉如此富厚，他前在京时，常送燕窝等物，外面是极好的。但我借他名成婚，他尚未知，以及平时种种阴谋，日久事明，紫鹃岂有不与他说之理。欲与通挪，恐又无益。正在柔情万种，忽听得玉钏儿道："恭喜二奶奶！宝二爷已经回来，并得了功了！"宝钗连忙赶到上房，只见贾琏正在将甄公折奏念着，听了，大家彼此喜从心起，笑逐颜开。薛姨妈等都来

道喜。

不一时，贾兰从衙门里回来，先请了薛姨妈安，又替王夫人、宝钗道喜道：“此刻北静郡王说，老爷已升了尚书，宝二叔转了内阁学士。府中正要兴了。但只是还说道……”说到这里，见宝钗在座，便不说了。王夫人道：“还说什么？只顾说！”贾兰道：“还听得说，将林姑娘赐婚与宝二叔了。”薛姨妈道：“既如此，这里二婶子呢？难道当今不知道吗？”贾兰道：“知道不知道，却关我不着，但赐婚是真的。”宝钗听了，呆着洒泪。李纨忙道：“莫信这糊涂小子，怎么琏二叔不知呢？”贾兰道：“北静王到尚书房亲口说的，还说与你们多了一重亲了。”

正说话间，忽报宫里夏太监传王夫人接旨。王夫人忙即易服，贾琏、贾兰扶着出去俯伏。夏太监道：“奉旨：问宝玉前娶薛氏时，借林郡主名完婚，真的么？”王夫人不敢谎奏，道：“真的。”夏太监道：“既如此，有旨一道，着遵谕办理！”

王夫人忙开看时，道：“宝玉此番赐婚为郡马，已特谕甄应嘉就近办理。其先娶薛氏，如果明媒正娶，自当另为位置。今闻其竟借郡主名目完姻，即为李代之谋，殊失桃夭之正。黛玉现已正位，瑾瑜在握，焉用武夫？薛氏着即离异归宗，毋任鹊巢鸠占，致干察究。”谢恩已毕，夏太监道：“本来因勋旧世家，未便休回，后听得顶替一节，圣心大怒，故隆此谕。”随即上马，去了。

王夫人进来，只见宝钗哭得泪人似的，便道：“怎么了？都是凤姐儿遗祸，我也没法，只有写信与你公公再商。”宝钗道：“还有什么商量？太太得了一位又富、又伶俐的郡主做媳妇，比我又穷又笨的，不好么！只我休了回去，有甚面目见人？就是这里寻个自尽罢！”薛姨妈道：“你也不犯，我们也一分好人家，为了这支亲，跑了多少路，费了多少钱，用了多少心机，才得成就。女婿偏疯了，做和尚了；如今又如此结局，都是府里的好处！我们虽穷，和你纺线织麻也过日子。冷眼看着便了。”王夫人无言可答，惟有追恨凤姐。

岫烟道:“凤姐也是为王家一脉,故设此计。人也没了,也不值提他。但是奉旨事件,宝姊姊必得到我们那里住几天,再等江南的信。不然,这抗旨的名目,太太也当不起。”李纨、平儿道:“邢妹妹所说极是!宝妹妹只算去看姨妈,且住几天,一应供给,这里送去。信到扬州,老爷和宝二叔断无不想方的道理;就是林妹妹,和宝妹妹也好,还可从中着力。”薛姨妈道:“不承望这些!宝丫头,只算你女婿没有回来就是了。”宝钗道:“他没回来,我还是他的人;他回来了,我倒不是了”说到这里,咽住着晕过去了。莺儿连忙救醒,遂同玉钏扶至房中歇息。姨妈等也都散了。

宝钗又恨又悔,又气又苦,整整哭了一夜。次早,便命莺儿收拾:“凡宝二爷的东西一齐撩下,只带自己的衣饰。至你,或在这里等二爷;或不嫌弃我,同我过去。听便!”莺儿道:“他待姑娘如此,我等他?”刚刚收拾得完,姨妈又差同贵来接。宝钗含泪到上房,辞了王夫人。李、平二人赶来送别,宝钗道:“妯娌一场,如此分手,我也不久人世,新人来时告诉他,我索性替他死了罢!”遂上车而去。

李纨、平儿送了回来,恰好贾政的信也到了,也有宝玉的禀帖:只说自己回来及堤工告成,并与黛玉以珠易玉的话,并不提宝钗一事。王夫人殊为诧异,遂将宝钗的事详细写上,要他父子出力圆全。

过了半月,贾政回信来说:“顶替一节,本太荒唐;现奉明谕,万难抗违。况宝钗娶回家后,查勘家产,老太太归天,强盗打劫,虽不干他事,坐家命也太不好。现在两玉儿正在赐婚热闹时候,告诉他恐又闹别的缘故,所以信也不给他看,也不给他知道,太太也可不管。”王夫人看了,甚为纳闷。贾琏又进来回道:“刚才北府里来说,林妹妹江南有信,仍要在大观园和众姊妹叙旧。先从北府里会转一万银子,托侄儿修办,侄儿回明,才敢动工。”王夫人道:“这园也坍塌很了。这银子够吗?”贾琏道:“够是够了,但还要建一阁供芙蓉神。”王夫人道:“这又奇,园里花也多,怎么单塑芙蓉神?”玉钏在旁道:"太太不知,这芙蓉神,宝二爷说就是晴雯妹妹。"贾琏道:"既如此,人也死了,那里塑像去?"王夫人道:"像不像由他!倒是老爷信上这么说,我如何对得住姨妈和宝姑娘?"贾琏想了一回说:"太太只说身子不爽,概不见人。等他江南来了,就怨不着太太了。"王夫人只得依计而行,托病在家。那园中也就收拾起来了。

欲知宝钗如何,下回分解。

第五回　偿旧债一样葫芦
荷新封两般翟茀

却说宝钗虽回薛宅，原想江南信来自然设法，那知半月杳然无信。正在暗里着急，忽见定儿一行泪一行告诉道：“我替二奶奶倒砂仁汤去，蟾姑娘吆喝着不要倒。我说，姑娘气息，略倒点儿不值什么！他说：‘既不值什么，你就去贾府里倒去，我这里轮不着贾府里奴才倒！’我还说，我就不倒，但蟾姑娘不犯生大气，奴才奴才的！蟠大爷听见赶出来，说我骂了他，踢我两脚，碗都砸了。还说‘什么好货？前因宝玉给他老子打了，就歪派我说了他坏话，参唆太太和我淘气。后来就靠着这个金呀、玉呀，阴谋诡计，对上宝玉，趁我不在家，偷偷儿嫁了去！就该长在他那里，怎么又回来？还叫那奴才秧子在这里闹’”。定儿没有说完，宝钗“咕咚”一声倒了。莺儿赶忙哭着、叫着，姨妈和岫烟听得也来了，救了半日，宝钗“哇”的一声，吐了一口红，才醒了。

原来薛蟠自香菱死后，仍去找了宝蟾来做妾，诸事把持，连姨妈也常受气。薛蝌本有夙嫌，只得弄一馆，上议叙分发天津去了。邢岫烟性子最好，任他吵闹总不言语。惟宝钗是贾府的人，还让他些；今见奉旨休归，正想降伏，借着此事就闹起来了。那时，姨妈要教蟠儿理论，宝钗带病力阻，但自此卧床不起。一日午后，独自挣起来，坐在房里，听得外面道：“莺儿姊姊在家么？”宝钗就问：“是谁?”那人急忙进来请安,却是傻大姐。宝钗道:“你是太太差来的么?”傻大姐道:“不是,太太叫我到园子里剪花。恰好这两日工匠出入,外面园门开着,我趁便来望望莺儿,和他借条裙子。”宝钗道:“借裙子怎的?”傻大姐道:“二奶奶不知,林郡主与宝玉爷九月初三要回门呢,合府热闹非常。我想临时难借,故赶着来和他借定了。”宝钗道:“你们江南信还没到,你怎的知道?”傻大姐笑道:“二奶奶不知,信早来了。我听得他们说,就因你这里事,老爷不肯管,所以瞒着你。不然,那些修园的银子,那里来的呢?”

宝钗听了,就和衣倒下,不知不觉只见凤姐走来恭喜道:“宝妹妹,另对了亲了。”宝钗着急道:“你说什么话?”凤姐道:“你还装什么呆?你难道不知道?就是南京甄宝玉的二房!”宝钗发急道:“我的事都是你误的,你还刻薄我!”凤姐道:“别人怨我,罢了。你怎么怨我?我问你:假造金锁,说是金配玉的,是谁?坐在床上替人家赶苍蝇的,是谁?借衣妆棺,说不忌讳的,是谁?未做媳妇,先在上房及园中监察的,是谁?先打算兴园中利的,是谁?就是顶替娶你的时节,你不上轿,难道‘牛不吃水,强按脖子’么?”宝钗此时心中干急,又说不出来,哽哽咽咽。恍惚又是和贾母在一处。于是两腿跪下,抱着贾母的腰说:“老太太,救我!”但见老太太呆着脸儿,笑道:“如今不干我事了。凤姐儿,你送他到宝玉处一看,就明白了。”不觉身子虚恍恍的,就进了怡红院。笙歌缭绕,多少人拥着宝、黛二人坐在上面,交杯饮酒。打横西首是紫鹃,五儿东首,虚着上座,下面便是芳官。宝钗顾不得人,叫道:“宝玉,你好,你好!”只见宝玉笑道:“宝姊姊,林妹妹这苦味儿你也尝着了?”就将来,把他向东首上座一推而醒,已是三更时候。翻来覆去,那里睡得着。自己挣扎着爬起来,围着被坐了一会,觉得窗缝里透进一股凉风,吹得寒毛直竖,无可奈何,又躺下了。

且说如今黛玉因贾政父子要进京复命,选择了九月十五,大队人马动身。十月朔,已到良乡。北静王又着宫官迎着,要接郡主先到王府。宫官回明，贾政就先走了。这里贾政父子至铁槛寺住下。次早大朝，龙颜大喜，加贾政宫保，宝玉命在枢密院行走。谢恩出来，北郡王在朝房等着，贾政忙趋上，叩谢北郡王道："正要上北府去。"北郡王道："亲家合嘛！初到事忙，竟请回府。妹丈自然到舍下，见过家母，再同舍妹双回。但家母同舍妹尚在宫里呢！"

贾政因命宝玉跟去，自己先回府第。只见府门口的灯楼、彩球，已经出色。自赖大、林之孝以下的十余人，一排儿分两边站着。正门、两角门六扇齐开，一直望进去花园似的，一路的衔牌摆着，也数不清。到了垂花门口，便是十来个五彩扎成的香云盖，涌起一座鳌山，挂着各色式样玻璃的灯，垂下络索。

穿堂上通是宫灯、明角，十分灿烂。就是那些陈设古董，也各自配着颜色。这自鸣钟一响，便应着一二百座一同的响将起来，真如月殿云阶一般。

贾政下轿，贾珍、贾琏便令合家大小人等上前请安。贾政问："多已完备了么？你兄弟在北府里，就同郡主来了。"

停了一会，只见王府里多少护从簇拥着宝、黛二人，到了二门下轿，先拜了家祠。贾政因天气甚短，恐郡主太劳，就说自己拜见过了，叫王夫人陪邢夫人同见。以后"玉"字辈男女分作二起，"草"字辈也作二起，直至贾蓉、胡氏，礼毕，重到荣禧堂设席家宴。中间朝南一席，郡主独坐；对面两席：西首是探春等，东首尤氏等；东边上首朝南是邢、王二夫人，巧姐旁坐。唱的是《长生乐》，乃刘、阮入天台访仙女，先遇了无数山妖木怪，幸观音救护，仍得合为夫妇故事。

席散入房，黛玉便问："宝姊姊呢，怎么不见？"宝玉道："我问过太太，说我出家后，他就回家养病，至今未愈。我明日要去看他。"黛玉道："你还做梦呢？"便将奉旨大归一节，详细告知。宝玉道："顶替一节本属荒唐。但宝姊姊不比袭人，那袭人在前使多少诡计害你，这顶替又是他起的，我走了他就嫁了人，这种没良心奴才，断断不能再用。至宝姊姊，究竟是自家姊妹，况他不过不能匡正罢了！若长在姨妈家，是我薄幸了，怎么好？”郡主道：“你放心！我昨在北府里，太妃娘娘告诉了我，我就求了太妃，朝见时同求宫里，圣人已允下了。明早你进朝，定有恩旨，你就捧了到姨妈家，我在那里等你。”宝玉大喜。

明早郡主到上房请安，就提起宝钗。王夫人道：“这事连我对不住他。因昨儿好日不便说，但终要郡主设法。”因将前事说了一遍，郡主也将求过中宫，大约今日有恩旨，要去接他同来的话回明。王夫人大喜道：“这样大贤大德，我从前实在糊涂，错认了人！”

郡主即坐轿到薛家。薛家本无甚人，这日薛蟠又同宝蟾上夏金桂的坟去了。顶马到了，将鞭子打得门乱响，说“郡主拜会”，慌得同贵把门开了。郡主至大厅下轿，姨妈领岫烟出来跪接，郡主急忙扶起，拉手同入上房。问宝姊姊在那里？随同姨妈到宝钗床前。宝钗无奈，便叫莺儿、定儿扶着要起来。郡主止住道：“我和你至好姊妹，断不要拘礼！”就在床沿坐下。

只见宝钗玉容消瘦，十分憔悴，喘了一会，随说道：“蒙郡主光降，苦命的人得再见一面，实为万幸！”郡主道：“姊姊，你的心事我知道，我今日特来请你回去。”宝钗叹了口气，又喘了一回道：“从前作事荒谬，自悔无及。今虽蒙郡主海涵，奈有当今的明旨在这里。”郡主道：“宝玉就来，来时便有恩旨，只顾放心。”

正说着，只见宝玉一直进来，先替姨妈请安，随叫一声“宝姊姊”，四个眼睛相对瞪着，这种盈盈有泪、脉脉无言的光景，实难为情。倒是郡主问道：“恩旨已有了么？”方把宝玉提醒，道：“正是，宝姊姊已封为淑人，着即接回完聚。即刻来降旨了。”大家从新道起喜来。宝钗满眶眼泪道：“总是郡主恩典，至死不忘！”郡主道：“自家人莫说这话。倒是宝姊姊须挣扎起来谢恩，才好。”

那知宝钗的病，本因大归忧结所致。今闻重得团聚，又封了淑人，正如前书颦卿绝粒时候，知侍书说对亲的是假话，便陡好了一样。况郡主又亲手将人参膏子浓调送喝，此君绝交已久，忽然闯来，力量甚大，便道：“郡主福星降临，已觉神气清爽，承谕极是！”就叫莺儿扶起梳洗。人逢喜气虽则瘦怯，也可勉强支持。郡主一面命人去取三品命服，一面预备香案才毕，夏太监一马已到。宝钗左手扶着莺儿，右手扶着雪雁，俯伏听旨，道：“前将贾宝玉所娶薛氏勒令归宗，咎由自取。但昨林郡主入宫，再四代为恳求。薛氏着仍令接归完聚，并封为淑人，以彰郡主樛木之德！”谢恩已毕，太监自上马去了。宝钗又要叩谢郡主，郡主力辞，便请姨太太同过去，姨妈道：“今日舍下无人，过日再来道喜。”郡主见薛家十分清苦，岫烟连那年当在“恒舒”几件棉衣，都不在身上，知断不能就来，便命拣一乘后档软辇车与宝钗坐了，自己仍与宝玉坐轿同回。

到家后，婆媳、妯娌自有一番尉藉的话，不必细说。

次日，郡主又命紫鹃拿二百银交莺儿，私自送到薛家添补衣服。去后，只见宝玉进来，笑容满面。郡主问道：“又为着甚的？”宝玉道：“今日是云妹妹的妹夫三周年。我刚才去作吊，见云妹妹正哭得凄惨，那知他妹夫从外面好端端走了进来，大家骇得要死。妹夫道，他并没死，是甄士隐仙师度他出世，今才回来。替我一样。”郡主道：“胡说！你是下场迷失，事或有之。他明明病死，有尸身，有棺木，如何说得去？”宝玉道：“大家也这么说。他说，他棺里是条竹杖，系仙师的遮眼法。云妹妹不信，即刻叫人将棺木劈开看时，果是竹杖，方才信了。因问他，既度了去，为甚又转来？他说，那日因我的师父到甄仙师处下棋，说起我已下山，他心里动了一动。那知甄师送客后，就叫他吩咐道：‘尘缘已动，不能再留。’说他尚有三十年洪福，索性去享了再来。但他必改了姓甄，功名方顺遂。他尚在徘徊，仙师把他肩膀一拍，吹了口气，就在空中虚飘飘的驾云一般，等下地来，已是自家门首。他所以已改了姓甄，名继，明日来时，竟叫他‘甄姑爷’是了。”郡主听了，也替湘云惊喜，因道：“我前日去看云妹妹时，光景迥非昔比！今有这件大喜事，也得花好几个钱,你明日带一百银子,并你的几套衣服去与妹夫,才是。”宝玉道:“不错!”遂即收拾完备,次早亲身送去。

后事如何,下回分解。

第六回　秋阁感情收蕙妾
冬闺集艳拜蓉仙

却说宝玉到湘云处去了半日，回来道："你送他的衣服、银两，我已交给他了。云妹妹欢喜得了不得，先给你道谢，说还要亲自来呢。"郡主道："我也要会会他，但不知园中工程已完了么？"宝玉道："工已完了。芙蓉祠也造得十分华丽。可惜塑的像那里赶得上晴雯妹妹，还得另塑。"芳官道："凭空塑，那得像？不是四儿妹妹前儿因与晴雯妹妹一样，太太才撵的，他出去不肯提亲，仍在家里，找他来就得了。"宝玉道："我正想着他！"便不觉流下泪来，郡主道："这又何必？"便吩咐林之孝家："将四儿母女传来见我。"不一时，就来请安。黛玉看四儿又长大了好些，越出落得丰神秀丽，与晴雯一样。便向他母亲道："我这里没有人使唤，你女儿系旧人，故叫你来商量，仍留下我使罢。"他妈求之不得，千恩万谢去了。

郡主笑道："四儿，你来了，我有差使。你与晴雯本是相像，明儿塑像的来，你见他一见，好塑。"四儿忙道："这倒可不必！他有他自己描的小照。奴才前番作戏道，替奴才画的，抢来搁在箱里。及被撵的时候，大家心慌，不及还他，至今还在。"宝玉就命拿来看时，竟与活时风流无二，并手里恰好拿一枝并蒂芙蓉，不禁大喜说："不必再塑，就将此画挂起来更好。"

那晚宝玉梦中，只见晴雯道："宝二爷，很难为你。我特来谢你。"宝玉就问他:"向在何处?"晴雯道:"人间天上,似有如无,来的处来,去的处去。"又问他:"何不还魂?"他道:"我们隶籍芙蓉下界了缘,从不长住。所以坡老诗才说:'飘然而来谁使令,肃然而去不可执。'况我的遗骸虽化,剩下的尚有两个指爪,现在你处。若当月白风清,及有要紧事时候,准天师府里信香例烧起来,我就会到。"因道:"我同你看一人去。"随到一所块,只见袭人披了头发,光着身子死白狗似的仰面躺着,和蒋玉函在那里干这警幻教导的事。只见袭人道:"你们做小旦的,动不动献后庭花,那个也同前面一样么?"玉函道:"一样不一样,你就试试。"说罢,抱着袭人翻过来,捧着他粉光玉致所在又弄,袭人在下面挨痛忍受。晴雯忽将床上挂的茜香罗汗巾抽来,在琪宫项脖上绕了一转,拉着宝玉就走,说:"三元甲子之后自有效验。"宝玉惊醒,告诉黛玉。黛玉说:"我也梦见他来谢。"大家诧异,遂定了下元日送主入祠。

恰好史湘云先期来谢,留他住下。随即遣人各处通知,薛姨妈、邢岫烟、宝琴、探春、宝钗等先后俱至。到这日早晨,郡主先派紫鹃、芳官到园中照料一切,自己亲去请薛姨妈、邢、王二夫人进园。恰好李纨、平儿及众姊妹并巧姐都在上房,随同入园。过了沁芳亭,先至潇湘馆坐下,紫鹃忙送上茶。姨妈道:"记得那年,老太太在这里和凤姐儿论软烟罗,还像没几时,那知光景都换了。"王夫人道:"凤姐儿巧劲儿很有,可惜总弄巧成拙。"李纨笑道:"郡主,那日宝二叔闻你的信,到这里这种大哭,泥佛也下泪呢。不信,问紫鹃!"紫鹃抿着嘴道:"宝二爷哭倒不打紧,倒是郡主回首时,若不是大奶奶在这里,一个正主儿也没有呢。林大娘还死拉我出去。"郡主道:"他是大管家娘子,自然该巴结新主儿。"林之孝家恰在旁站着,把脸涨红了,忙退出去。探春怕王夫人不好意思,道:"再游一处罢!"随到怡红院,芳官接着献茶。邢岫烟道:"这海棠又开了。那年失了玉,妙玉扶乩,什么'青埂峰''大荒野',二哥哥后来到了没有?"宝玉道:"说到就到,说不到就不到。邢妹妹你还执滞!"王夫人想起袭人，因看着宝玉，和宝钗道："早知他仍回来，我与你坑了个人！"宝钗道："太太说袭人么？要他来也不难，他本来又稳重，又妥当。"宝玉冷笑道："宝姊姊说他稳重，自然稳重。可惜你没有同我做梦呢！"黛玉道："正要回明太太，这怡红院旧人死的死，嫁的嫁，只有四儿和莺儿，求太太都赏给宝玉罢。大家也有些照应。"王夫人道："只要你们姊妹情愿。宝玉此刻居然是大人了，我还管他呢！"宝钗道："听凭郡主大裁，敢不跟着。"

说着出了院。到紫菱洲，说起迎春，大家落了些泪。随到秋爽斋，探春道："这儿株芭蕉，我至今爱他，可惜少得多了。郡主可补种些，仍等我来住！"因放船到缀锦阁。郡主道："三位太太请坐。我们要上去祭芙蓉仙去！"

上去看时：只见流苏结绮，软绣开屏，烛影摇红，香烟篆碧，中间供一幅小像，丰神旖旎，宛如凌波仙子一般。座下即供着个美女耸肩瓶，瓶内一枝风露清愁本色花。底下四十个缠丝五色玛瑙碟，装着四方冬夏时鲜果品，其余便是前书所谓"沁芳之泉、枫露之茗"。中间设下绣彩拜褥。先是郡主赐香，次即宝玉穿着雀金泥裘主祭，紫鹃等陪祭。祭罢，把前日这篇诔文改了好些，对众读毕。然后李纨、岫烟以下与晴雯好的，无不来助祭，宝玉力辞不肯，只得在旁还拜。又有麝月、雪雁一班，虽如今当了管家娘子，旧时同事也来尽礼，随又玉钏等也来叩谒，闹有一顿饭时，方毕。

下楼来，郡主道："日将午了，太太不要饿了。午饭摆在那里？"王夫人道："还是这里罢。"紫鹃、芳官等忙叫值日的，把泥金五色大盒子盛着菜端将上来，又忙安放杯箸。原来这贾府旧时媳妇侍候规矩，贾政因有郡主在内，其李纨亦已受贾兰诰封为太恭人，特命捐免，今特表过不提。饮毕，只见水亭上锣鼓、箫管，先行奏起仙子面前献的开台三出来：第一《扫花》，第二《荣归》，第三《骂曹》，郡主道："如今阿瞒也多，须得多几个好事的判官才好。"唱毕，小旦复来请戏。王夫人命他拣拿手的做，不必点。姨妈说："我昨晚听得宝丫头说，你们今日有诗社的事，何不请便！我和太太、爱听戏的奶奶、姑娘，仍在这里，不好么？”黛玉等正合着意思，遂托尤氏、平儿做主人，命紫鹃、芳官在此照应。自己恰同李纨、岫烟、宝钗、宝琴、探春、湘云等到潇湘馆里来。

那知宝玉已将文房四宝安放停当，等得不耐烦了，见了便要拟题。宝玉道：“今日此举原为晴仙而设。我意用东坡芙蓉城体韵，做芙蓉仙子曲联句一首，可好么？”众人都说：“这却新样，就是你起。”宝玉也不推辞，提起笔来，道：

仙之来兮花拥轩，仙之去兮花落瓶。

黛玉摇头道：“凑”，因续道：

仙耶花耶两寓形，芙蓉拘影同娉婷。

大家都说：“浏漓浑脱！”李纨道：“如今要入题了。”忙道：

仙兮娇小心最灵，花枝无玉嗟零丁。

湘云道：“把宝二爷也写上。”

如皋大夫眼忽青，宛如玉树移谢庭。

宝琴道：“如今要写实事了。”

一弯凉月光照棂，扇纨撕去风泠泠，
声如裂帛雅可听。

探春道：“我也有了。”

怡红院落夜不扃，悄如鹤步虚玲塀，
薄寒中人谁所令？

岫烟忙道：

病余无力倚枕屏，一星火燔孔雀翎，
压残金线功谁铭？

黛玉道：“又要转了。”

无端内讧生戒冥，慈闱一怒如雷霆，
护花无计悬坐玲。

探春道：“骂得受快！”因接道：

麻姑爪长难再经，罗礼血旧空荧荧。

李纨道：“须得虚转几句”。因道：

芙蓉仙馆连东溟，仙香杳兮花冥冥。

宝琴道：

幸我通天表帝廷，仙再降兮花再馨。

湘云道：“不要虚了这亭子！”因道：

拒霜面面芳沁亭，琼筵肆设谢芳腥。

岫烟道：“我押我的。”因道：

群芳下拜齐涕零，林李周史薛贾邢。

宝玉道：“以下五韵，我代劳罢！”因道：

愿花如菊延仙龄，更烦青鸟传叮咛。

明明三五东方星，仙乎仙乎君独醒，

爱河浪合三生萍。

大家读了一遍，黛玉道：“这用前人韵联句，倒还首尾一气。但你后面几韵太亵些！”宝玉道：“我知仙子必不恼我。”恰好来请上席，大家遂过去陪着看戏、吃酒，席散已二鼓了。

宝玉盥洗更衣，独自一个再到祠中。只见香烬碧消，烛花红隐，剔了一剔灯，取出指甲，含泪剪了一寸，和鹊脑香烧着，便向里间坐定。看那“幔隐海红，帐垂山碧，锦衾绣褥，掩映生辉”。正凝想间，忽听得道：“宝二爷，真信人！”抬头看时，那仙子已端然立在面前，忙拉手同坐床沿，因将联句的诗给他看。晴雯一路点头道：“得此诗，我也扬眉吐气了！但你押‘星’字这韵要改，难道我还是小老婆么？不如改作‘明河鹊桥渡双星’的好！”随着：“你请了我来，想不肯担虚名的了。但是三件事先要说定。”宝玉忙问：“何事？”因道：“第一，这信香有要事许烧。第二，仙凡路隔，应说的事我自说，若不说，不得妄问。第三，除自己家请，外面仍须秘密，不得来问休咎。”宝玉一一应允，方携手入帏，定如杜诗说的“并蒂芙蓉本是双”了。次早醒来，仍是单衾独梦，恰已红日满窗。只听得

芳官道:“姑娘们都要去了。”宝玉忙起来梳洗。

要知送得着否,下回分解。

第七回　子盗母青蚨尽散 弟如兄赤棒重施

却说薛姨妈席散回家，独坐房中，忽见床前箱内露出衣角，因想前郡主所赠之物，除赎当三十余两外，余银俱锁放在内。忙即开看，见全数已空，并几件心爱玩物，一齐遗失。气得发昏，因问宝蟾道："我这里丢了几两银子，你知道么?"宝蟾道："你老只怕糊涂了。你老前番去拜客，还要我们大爷张罗钱赎当，大爷不肯，你还上气。此刻怎么又有钱了?"薛母道："你想，我房里又没有外人，我这钱又新郡主给的，怎得丢了?"宝蟾道："郡主不郡主，我知不道。你的钱鬼鬼祟祟藏着，干什么丢了？正是，太阳在屋子里呢，你老有好亲眷，叫大班儿上查查就是了!"薛母道："家贼难防，还查什么?"宝蟾道："你说我是贼，你就是窝家了。我在你家熬得乌鸡似的，还落得个贼名，我也不要命了!"一头撞去，把薛母几乎撞倒，幸得邢岫烟再三解劝，嘴里还是哓哓。薛母听了又气又恨，自此卧床不起。

那薛蟠自同宝蟾偷了这宗东西，手头松动，又去闹赌。无如贾珍新疆回来，一改前非，贾琏又管事甚忙，只得王仁、邢大舅一干人赌了两日，甚没意兴。贾芸道："闻得蒋琪官家古董铺后也在开赌，何不去试试?"呆子欣然允诺。贾芸又邀贾环同去，做了几场输赢。

贾环忽想起袭人在那里，因说要见，琪官道："三爷自家人有什么？但我这家里，要就这么叫他出来，不肯的，我有道理。"于是四人打牌时，琪官忽说要到忠顺王府去，这里不便散局，请袭人代一代。袭人见是熟人，又系丈夫叫他暂代，便无可不可的坐下。琪官回来就同在一块儿喝酒而散。

那知忠顺府三阿哥也是淘气的，闻得蒋琪官家的肯出来陪酒，也要来赌，琪官忙加倍备办下供给，请他来赌，说明现钱押梢，薛蟠是五十两现银，三阿哥是一个金镶玉龙佩，贾芸是两只金虾须镯，贾环也有押物。算起帐来，因贾环善于偷张，只他大胜。琪官当着众人将镯、佩交代，又分了十来两银子。

晚间入席。三阿哥执意要见袭人。袭人因他是琪官正主，只得装得花红柳绿出来，递了一回酒，被三阿哥轻薄了一回，才散。

隔了几日，贾政朝回，忽报忠顺府长官要见。贾政道："忠顺府是那年因宝玉事差人来了，久不往还，今日又打发人来怎么？请厅上坐。"彼此见了礼，长官道："下官奉命而来，仍有一件事相求，敢烦老先生做主，不但王爷知情，即下官亦感谢不尽！"贾政忙陪笑道："又有何见谕？"长官道："就是前番到府上找着的那小旦琪官，那知他竟诱我们府里三阿哥去赌，同赌的都是尊府令亲。三阿哥将一个御赐玉佩押着了，查究起来，说在令郎处。王爷特命走领，烦老先生转达令郎，将玉佩发还，该钱若干随后奉上。"说罢，忙打一拱。贾政笑道："小儿原不妥当，如今有了部务，又在枢密，又要轮值书房，此刻尚未回家，那有工夫玩这个？所访恐未必确。"长官道："大人还道是郡马爷么？说的又是一位小令郎，也行三的。"

贾政忙唤贾环出来，问道："你这奴才在家种种不妥，又弄出无法无天的事来，王府里三阿哥金枝玉叶何等样人？你敢同赌，还留他赐物。我即刻捆你送官，究出同赌，一并处死！"长官道："这倒不必，但请将赐物见还，便感恩不尽。至花赌一事，王爷因多是戚友，只将蒋琪送官加责，余者一概不究。"贾环见事已说真，默默无言。贾政又喝道："玉佩究藏何处？"贾环只得说道："在书房拜匣内。"贾政即刻叫贾琏取来。及取到看时，尚有虾须镯一对，贾琏认得是平儿之物，且拿来收起，先将玉佩送上，长官见了，便道谢起身。

贾政此时气得目定口呆，一面命贾环不许走动，回来再问，一面送长官出去。回来一叠连声叫："拿大棍来！拿绳捆着！"众小厮只得齐声答应，把贾环一如那年宝玉一样，按在凳上，拿着大板，打了十来下。贾环自知不能讨饶，只呜呜的哭。贾政喝令重打，又打了十来下。贾政嫌轻，一脚踢开小厮，拿了板子狠命的打了一二十下。恰好宝玉朝回，同贾琏上来乞恩，按贾环的小厮忙松手走开。贾环已气弱声嘶，动弹不得了。宝玉、贾琏请贾政息怒，且问他如何赌法？同赌何人？贾政道："你问，你问！"二人下去问时，贾环喘着，并无一语，只得传贾环跟班头儿钱槐来问。钱槐到来，只有磕头。贾琏道："你这糊涂王八，还不直说，先打一百鞭子！"打到五十，钱槐碰响头求饶，就将如何在蒋家花赌，如何偷张赢钱，如何叫他女人陪酒。说完了，贾政还要打，宝玉已请王夫人出来，一力护祝贾琏道："这几个小厮，断饶不得，竟革了另挑罢！"贾政点头，方一面命将贾环送入卧房，一面将钱槐等交赖大发落。

那知内有个是王善保家的孙子，就去求他祖母，并将金镯系平儿之物都告诉了。王善保家又添上些说话，求邢夫人。邢夫人因巧姐一事，很恶数平儿，便叫贾琏道："这赌事甚小，何必累及下人？难道你们不赌的，倒是家里金饰赠与外人，这名声儿很难听呢。你也查查。"恰好平儿也来请安，贾琏便问："我们这虾须镯在么？"平儿道："给姑娘的，问姑娘就是了。"

随叫巧姐来问，巧姐也说："有的。"邢夫人道："如此，去拿来瞧瞧！"巧姐不知就里，拿饰匣来开看时，不但不见了金镯，连一切珠饰已失了好些。巧姐哭道："这是怎么说？"邢夫人道："怎么说，问你姨娘便了，给了人还装没事人。"平儿知话有因，也哭道："我蒙二爷抬举，在房里十几年，从不干坏心的事，求太太说话还斟酌些！"邢夫人道："是我不斟酌？琏儿把东西给他瞧，你是一顶绿帽子戴定了！"贾琏只得将镯子拿出，道："你去看，怎么说？"平儿气得战抖

抖的道："这捞什子早说给巧姐儿，怎么来派我？"邢夫人道："就该打嘴，你还要栽姑娘么？"王善保家的道："平姑娘赖不去了，真赃现获，把余的拿出来，再求太太开条生路正景，苦闹就是自己寻死了。"平儿气极了道："要死就死，我死了饶那个？"说罢，就出来寻死，巧姐一面哭，一面赶拉。邢夫人道："拉什么？拉到屯里去，再拣个小女婿不成？"正没解交，幸亏探春、宝钗等闻信而来，把平儿、巧姐拉到园中去了。

邢夫人吩咐贾琏道："你就去问环儿，问定了，再容这淫妇在世，我断不依！"贾琏只得答应着出来。问贾环也道："这是平二嫂子赠芸哥儿，芸哥儿输了暂押我处的。"贾琏听了，气得个发昏章第十一，就要去死问平儿，亏得宝玉挡住，道："事不三思，必有后悔。这事必问准芸儿再说，岂可冒昧？"

时已二更，遂各散了。次早，贾琏忙去找芸儿，偏因琪官案发，怕连累躲到外城卜世仁家里去了，一时不得便来。

那时荣府中三三两两，有替平儿抱屈的，有为平儿趁愿的，纷纷不一。独有柳五儿感念前情，必要救他，因他母亲柳嫂子做了碗莲叶羹去喂贾环。他从门口走过，听得房里有人，便住了脚，只听得彩云在那里再四盘问。贾环道："那虾须镯，芸儿告诉我，实是托小红替坠儿借的。因昨晚王善保家叫他孙子来说：'大太太说，叫我认定平嫂子给芸儿的，我便无事。'我才这么说的。"彩云道："呀！三爷，你亏告诉我。你想侄儿戏婶子什么罪名？芸哥儿肯认不肯认？老爷问起来，你又要受风霜。依我直说为是。"环哥点头答应。柳家遂不去，回来对五儿说了。正想设法去问小红，恰好小红来探消息。五儿道："小红妹妹，你敢是打听新闻来了？"小红道："我因听得干连着二奶奶，故来问问。"五儿道："不但琏二奶奶，连芸二爷只怕都要没命。"小红呆了半晌道："好姊姊，这是怎么说？"五儿道："你想，侄儿戏婶子什么罪名？老爷又最恶数这条，问准了还有命吗？"小红听了流泪道："姊姊，这镯委是我和坠妹妹借来给芸二爷的。今既闹出事来，让我竟去认了罪，省得带累好人，就芸哥儿也不至死。”五儿大喜道：“妹妹若如此，包我们身上，不叫妹妹受委屈。”

二人遂同到上房，恰好都在那里。五儿先向王夫人道：“小红有话回太太。”小红便跪上来，将前事说了一遍。邢夫人道：“既这么，环儿为什么说呢？”正说间，报道贾芸找到。贾政走出中阁，贾琏带贾芸进来跪下，只有碰头。贾政喝道：“你这该死孽障！你这镯子，平婶子几时给你的？”芸儿又碰头道：“并不是平婶子给的，实是托小红向坠儿借的。”贾政便命叫贾环。不一会，两人扶了环儿来到，跪都跪不住，只好趴着。贾政喝问：“你说，平嫂子赠镯的话，那里来的？”贾环据实供出。贾政大怒，一面喝令二人暂退，一面请郡主出来，道：“家奴结党诬主，罪在不赦！但是女人，我不便用刑。你又有御赐如意，可替我一办。”

郡主得了话，即命太监在缀锦阁设了公座，一面命四儿捧着御赐金如意，冉冉而来。到了阁下，望阙谢恩，然后入坐，叫太监排列刑具，听候审问。叫小红，小红上来将上项事说了一遍。即叫坠儿，坠儿上来那里肯招？郡主叫拶起来，只得招了。问他赃在那里？又不肯说，又叫拶起，才供明寄在王善保家那里。郡主一面押坠儿去起赃，一面命将王善保家拿下。

王善保家恃着大太太陪房，直立不跪。郡主大怒道：“这是什么所块，你敢放肆！”喝叫先打一百皮鞭。太监将他剥去衣裙，只留叉裤，拖翻在地，左右施刑，打得他乱滚求饶，哀声不绝。打完后抓了头发，背剪跪着，喝令速供。那知王善保家的打昏了，倒将因晴雯撵逐坠儿，故与袭人设法将他害死先招出来。及问他陷害平儿等话，他又延挨不认，恰好芳官将搜出原赃一一检点呈上，他料抵赖不过，只得认了。又拉大太太叫他这么说的。郡主大怒，重又掌嘴四十，把牙齿都打脱了几个，方没言语。郡主命录了供词，送与二位太太请示发落。邢夫人此时无奈，说：“但凭郡主。”郡主命将王善保家押至芙蓉祠下,褪裤重责四十板,打得王善保家遍身干白的是肉,鲜红的是血,青紫的是肿,黄黑的是泥,五色斑斓,倒像在染缸里爬出来的。限令调治十日,好后永罚在净军所当差。坠儿也打四十,即行配人。小红姑念直供不讳,免责完结。

后事如何,下回分解。

第八回　怀旧德设法平反
趁新年分题酬唱

却说郡主退坐入内，王夫人迎着道："处治得极好。不然，这班没良心奴才还了得？"邢夫人道："再不想这老猪狗也这么样坏。"郡主道："办得粗糙，太太们不要怪。"正说着，平儿进来跪下就谢，郡主连忙拉起道："二嫂子受委曲了。"平儿哭道："我自幼来府里，到如今十多年，从不敢错一点子。此番如不是郡主救我，死了还落个臭名声儿。太太们也该知道了。我也没脸在这里混充主子，禀过二位太太，另给二爷明媒正娶一位奶奶，我今日就到栊翠庵拜四姑娘为师去。"邢夫人道："事已明白，还说什么？"王夫人道："怪呢，怪不得你。你委屈太受狠了，但事已如此，只好看巧儿面上罢。"平儿执定要去，巧姐道："我若没姨妈，早给人抢去做小了。况这事由我而起，姨妈必要出家，我撞死在这里便了。"说罢，向墙上要撞，慌得众人一齐扯住。王夫人看着邢夫人道："这事都是琏小子闹的，今日倒装没事人，快叫他来，我问他。"丫头们连忙去请。

那知贾政因昨日纳闷没有上朝，便同贾琏进来，道："琏儿媳妇，你的做人我很知道。昨日这事，我早说是假想，设法替你剖白，难得郡主审明，很好的了。你的冤枉，那个不知？若再闹，倒没味了。我叫琏儿赔你个不是。"贾琏听罢，忙过来作揖，道："奶奶，算我不是，糊涂了，不要气了。"平儿哭道："我在二爷房里这几年，虽承二爷抬举，我从不敢放肆。昨日到得老妈、丫头都审贼呢。这样审，幸这案破得快，不然和晴妹妹一样，这条命早活活逼死了！况我为了姐儿，与芸哥儿的仇结得海样深呢，难道还给他东西，也太没经纶了。”贾琏道：“我何尝不是这样想，只是见证太硬，也没法了。”贾政知话有因，便道：“不必多言。你两口子好好回去，算没此事就是了。”平儿道：“老爷吩咐怎敢不依？但有话也要回明：就是这个帐房，前日我们奶奶办着，后来奶奶没了，府里的事也少了，我还办得过去。而今宝二爷也做了官了，老少两位大人了，郡主又下嫁来了，局面比前番盛时还宽绰了许多。东拉西扯却也难办，还受这班小人们的妒忌，求老爷另委人罢。”贾政道：“这也是正经。且交给谁呢？”王夫人道：“只有郡主掌得住。他的才情比凤姐还大，又正当，但亵渎他些。”郡主道：“这事原没有叫琏嫂子偏劳的理。但交给甥女时，前番回太太要留莺儿的话，却难迟缓，并要求太太将玉钏也赏了宝玉，使他们一人一月轮着，甥女只好提着些罢了。”贾政道：“既如此，就这样办。”便对贾琏道：“你仍要在外照应些呢。”贾琏道：“侄儿怎敢躲懒！”叔侄二人，一面说着就出去了。这里王夫人对邢夫人道：“大太太就在我这里吃饭罢。你们各便。”于是黛玉、平儿一干到园中去了。

过了两日，先择吉与玉钏成亲，自然又要尝荷叶羹了。次及莺儿打了个结实五色的络子。次及佳蕙，更同年的夫妻蕙了。一样摆酒庆贺，不必细说。

吉期过完，平儿又来交帐房，郡主因思年事紧急，遂道：“这里先送五千银子去，年前为日无多，索性费嫂子的心，新年再交罢。”平儿只得应允。因问起大太太光景，平儿道：“他很可过，但惜钱如命。前日挑人补坠儿的缺，左不是，右不是，后来差人来说，不要补了，只将月钱折送上去便了。你道如何？”黛玉又问：“东府里怎么样？”平儿道：“也唻着。倒是薛姨妈处很紧，郡主前日送他的银，又被蟠大爷偷去花赌，就闹出这个事来。闻得至今邢姑娘等皮袄还没上身,前儿打发人来和宝姑娘说,宝姑娘没钱,到我那里支了一月月钱去。这几吊钱中什么用?”郡主道:“我再想方罢。”平儿忽想起来道:“我正忘了,二爷还叫我拿黑山村乌庄头帐来送郡主瞧。”郡主接来瞧时,只见上面写的獐鹿、龙猪、青羊、胭脂米、碧白糯等,都还与旧相仿。便道:“这帐还得二爷去算呢?”又看孝敬哥儿玩意儿,也还是黑兔、锦鸡之类,便笑道:“兰哥儿、巧姐儿都大了,宝姐姐的桂哥儿又早,‘桂摧为薪’了,要他怎么?”平儿道:“倒少不得。郡主,这里明年要玩意儿的人多,只怕还不够呢?”平儿去了。

黛玉因命素书、青琴跟着到宝钗处。只听得里面道:“这个人其实妥当,但此刻郡主断不依的。”是王夫人声气。郡主遂不进去,到李纨那里,恰好探春也在,商量起诗社。郡主道:“芦雪亭一叙,又好几年。今日北风又紧,明日大约有雪,我们仍借景消寒,题诗叙旧。”李、探都说好。遂一面叫人去收拾芦雪亭,一面去请宝琴、岫烟、湘云等。

正要拟题,恰好宝玉朝回,找不着郡主,找到这里,闻有此事,不禁大喜。拿起一本书来道:“这是浙江一大名公送的,签题着《新年杂事诗》。每一题一篇小序,一首五律,真个文言道俗情,又雅又趣。”宝玉道:“我们何不也做几首?”郡主看了一遍,道:“不必,我看他诗好的多,即如《代图》句云:‘五传君子泽,一庆画当春。’何等庄重。”《升官图》云:“捷径三边里,官情一纸中。”何等感慨。《床公》云:‘公为渴睡汉,母真春梦婆。’何等调侃。至《笺注》里‘隔年饭抛在瓦,上令雷声远去,燃釜改名善富。’何等典雅。我们那里做得上?倒不如另拟几个,算补遗罢了。”于是共拟了八个,都是南方讨钱的所为。李纨道:“芦雪亭真弄了一群花子了。”宝玉道:“让我也做几句!”大家散去。

次早起身,六位姑娘都来请安。郡主命紫鹃、芳官到园中照料炉火一切,又命五儿去告诉他母亲收拾酒肴,又命莺儿拿一包皮袄去与岫烟,然后带了玉钏、四儿到上房来告知此事。

王夫人道："我不会做诗，老天拔地在那里做什么？我去姨妈处说闲话，你们有好菜送些来就是了。"正说间，岫烟和宝钗、莺儿从园子门里来了。王夫人就命丫头抬巴山虎，从园中到姨妈家去，大家送到门首方向。

至亭上，只见湘云早立着等呢。宝玉忙说题目原委，要拿出挂起。李纨道："各分一首，不必多做，像前番这样抢命倒没味了。"不一时，只见宝玉的《跳狮子》道：

一片绿氍毹，狮儿假饰工。
舞偕人影乱，蒙比虎皮雄。
那解冲蛮阵？惟当狎里童。
深闺争笑看，同调此河东。

大家说："该打！怎么糟蹋起我们来？"随看李纨的《看管》道：

依样画葫芦，红笺岁又除。
伊谁题看管，我辈喜安居。
镇宅三章约，当楹两字书。
叩门倘陶令，惆怅意何如？

黛玉的《跳灶王》道：

司命本东厨，无端满路隅。
上天谗赤口，走地索青蚨。
喋喋殊无谓，鬑鬑颇有须。
卿谋真得计，媚灶近来俱。

湘云道："也有些伤人。"随看探春的《春官》道：

拜命同宗伯，春风一度过。
居然抗丞尉，聊尔导笙歌。
白菜传遗制，乌纱付刹那。
卑田归去后，宦况问如何？

（春官补服，用黄牙菜。）

大家笑道："门学是兼宗伯的。"又看岫烟的《贴新春大发财》道：

市贾争三倍，群然庆阜财。
我生比郊岛，无计得春回。
忽枉红笺赠，依然白版开。
惭卿多雅望，几岁一回来。

宝钗道：“嫁到我们这穷人家来，只好那么说。”因念他的《赶茶娘》道：

冉冉谁家女？佳名锡赶茶。
短襦身恰称，清磬手频挝。
漫斗钗头茗，争施鬓侧花。
只愁香汗湿，依旧污红纱。

黛玉道：“收句是胖子的话。”又看宝琴的《唱好》道：

元宝进门来，(凡唱好者，必以此语先之。)顽童两两偕。
恶声虚巷问，吉语俗情谐。
我意殊不尔，卿言亦复佳。
钱神今日贵，活计且安排。

湘云的《摇钱树》道：

挂出珍三品，移枝喜万年。
贾碑奇共诧，葛井幻俱传。
未识金银气，徒深粥饭缘。
不如舞彩子，钱树别生怜。
(北宋有妓，名钱树子。)

大家汇写了，李纨道：“到底大了几岁，没有出丑。”遂同到暖香坞，传杯弄盏，直到更余。方欲散席，忽报太太来了，大家迎着请安，各自散了。

王夫人留住郡主，告诉蒋琪官尚在锁押，要得好几两银子，封印边才援例责放。现在一无张罗，因袭人本宝玉的人，情愿仍送进来，只求救他一命，再四托姨妈来说，“你道怎样？”黛玉正色道：“蒋琪现在，袭人系有夫妇女，倘然留下，这强占的名声，比尤二姐还

大。若说前曾伺候一番,赏他几两银子张罗官司,倒使得。且宝玉也不要他的了。”王夫人也不便多说,遂各回去。

次早黛玉即命送五十两银子过去,请太太转发。那蒋琪得了这宗,就告上买下,到封印边提出来,把那两条风花雪月的白腿照例打了四十板,就释放回家。

后事如何,下回分解。

第九回　众美联袂雅制灯谜　群盗挂帆偷开米禁

却说荣府这年因宝、黛二人荣归，十分热闹。过了廿四，贴春联、换桃符，不但结彩点灯，铺陈富丽，就是两旁阶下一色朱红大奇烛，点的两条金龙一般，也比往岁倍觉辉煌。到了廿八，宫里先将贾政、宝玉二分“福”字鹿肉赐出，另赏郡主“同福”二字全鹿一只。北府太妃又给郡主元狐排穗褂一件，宫绣荷包二对，内各放金银锞子四个，紫霞鸾杯一对，另外又送年礼。

到了除夕，郡主坐下八人大轿，同邢、王、尤、李至宫门朝贺后，又独至北府里行礼道谢，却被留住吃了便饭，申刻才到祠中。只见众人排班已齐，郡主一到，大家一同致祭。郡主的坐褥，却在“玉”字辈中高半个垫子光景。行礼毕，回至荣府。到了贾政上房，亦是锦裀绣屏，焕然一新。贾政夫妇先替邢夫人辞了岁，然后归坐。“玉”字辈弟兄、妯娌便上来行礼，王夫人一面把郡主扶住；这里男一起女一起，各行过了礼；又按长幼归坐受礼；然后散了押岁钱，并金银锞子等物。贾政因不喜热闹，命：“合欢筵各自回房饮罢。”于是各人散了。

郡主却邀宝玉、宝钗先到芙蓉祠行香，方到怡红院。将新制的十二巫山桌子摆下，三人南面而坐，两边就是鹃、莺、芳、玉等侍坐，下面却空着以便上菜。宝钗先要行礼，郡主忙拉住道：“别闹！自家姊妹若再如此，我就恼了。”然后六位姑娘请他三人受礼，郡主道：“明儿总礼罢！”说时，早花枝招展拜下去了。

到了次早，郡主仍入宫朝贺。谁知北府的太妃是中宫的干娘，每年入朝总要款留一日，今年因黛玉也是继女，奉懿旨入官陪宴，傍晚始归。又赏了肴果两席，又知郡主能诗，加赏湘管廿枝，万年朱墨各五十锭。初二又到北府里叩节，初三又向各王府诰命应酬，忙个不了。

恰好初四在南安府赴宴，见他下嫁理国公柳芳的郡主所生妞妞，年方十九，性情柔婉，容貌庄丽。郡主就有与兰哥对亲意思，归来告诉李纨。李纨大喜，就到上房回贾政。贾政道：“本系世好，极好，此事竟语郡主便了。”郡主就托北府里去说，王爷做事一做便成，说定上元日插戴不提。

且说黛玉因过灯市，见卖灯热闹，就买了好些；又命家中扎了两座“郭汾阳庆寿”，题上一个“世受天恩”的匾额，送到贾氏宗祠。再扎一座“绿野堂”故事送上贾政、王夫人。又扎一座“西王母群仙泰概”送与薛姨妈处。自己上房扎了一座无人“玉镜台”全本。其余各房争意夸异，不及细数。

一到十三，一齐点起。又说起前番做灯谜等事，黛玉命取一玻璃屏放在怡红院中间，却与李纨、惜、探等，各出妙思做来赌胜，芳官等也来看着。只见湘云贴了一个道：“‘戏将花片掷檀郎’猜一药名。”芳官道：“不是‘落得打’么？”湘云道：“正是。芳师父只该说‘瓜子壳’。”芳官脸红了红道：“史大姑娘全没好话。我也有个，姑娘猜猜，‘陶渊明醉卧其上’，《易经》一句。”湘云想了想道：“不过是‘困于石’罢了！你们就算我是个女渊明不好么？”

正说间，只见贾兰跑来说道：“姑老爷们也要进来猜猜呢！”黛玉等听了，俱退入里间。只见梅姑爷、甄姑爷、大小周姑爷，还有冯紫烟、薛呆子一起来坐下看着，只见梅姑爷道：“这个‘钟馗送嫁’，可是‘归妹’么？”里面紫鹃应道：“是。”冯紫烟道：“这难为了薛大爷了。”甄姑爷道：“那个‘放学差’打唐诗，可是‘皇恩只许住三年’么？”贾兰道：“是。”薛蟠道：“怎么知道？”宝玉道：“想是家嫂做的，所以知道。”大家道：“这是兰大爷的预兆了。”随即大周姑爷猜了个“载橐面失”是“毕战”，小周姑爷猜了个“中郎入赘相府”是“牛女相逢”，也就出去了。郡主笑对探春道：“你说姑爷不念书，猜得很好呢。”探春道：“你看，只想打仗呢。”李纨道：“倒是小周姑爷这个好，刚刚是巧姐做的。看来今年当真要入赘，只难为了他姑爷做个牛呢。”说时，已经三鼓，各自散了。

到了上元，便是柳家的插戴日期。王夫人道：“我懒得去，你们妯娌那个去罢？”大家都让李纨，李纨道：“罢哟！我本不大应酬，一切礼数，拘的慌。林妹妹是一庙里神道，让他去罢！”黛玉推辞不得，便道：“我和云妹妹同去，他熟些。”

于是同了湘云，带了赖大家的及丫环等到了理国府。主人接入，行礼毕，黛玉道：“前日家兄处来说舍侄之事，极承慨诺，感激不尽。”那郡主道：“妹妹家里还有甚说？”就命左右，请妞妞出来拜见尊长。不一时，珠围翠绕，簇拥出来，朝上拜了四拜。黛、湘还了两礼，拿出汉玉凤钗一对做见面钱，上挂着夜光珠两粒，价值数千。柳郡主看了甚喜，就命妞妞拜谢，方才进去。这里郡主连忙着人回来说：“插戴已准，请兰大爷就过去。”贾兰忙穿了朝服来磕准头，柳府一面辞谢，一面差人送了整玉如意一对，欧阳询《细柳黄庭经》一部，当了回聘。

这夜正值上元，荣府中又开筵团饮。席间，宝玉因兰哥亲事，提起贾环，贾政尚发狠道：“这样下流小厮，断不叫他再糟蹋人家女孩儿！”宝玉道：“虽则如此，究竟赵姨娘就是这个兄弟，老爷或替他房里先放个人，倒不到得这样混闹了。”贾政半日不言，道：“且过几时再看。”宝玉不好再回。

等到席散，宝玉独自一个到芙蓉祠烧信香，会仙子去。那知香才烧着，听得里面道：“宝二爷，我在这里替你拜节，等候多时了。”

看时却是晴雯,宝玉见了狂喜,人月双圆,不必细说。晴雯道:“恭喜你!驿马星动了,五日以内必要出差,忧中带喜,定主升官。郡主这辟火、辟兵的几颗珠,连我信香,都要带去。天机不可预泄,临时我自来照应,还要借重借重你,讨个封号呢。”宝玉知事已预定,也是由他。次日告诉郡主,叫他将定风、定海、辟火、辟兵等宝珠捡出,另作一囊佩带,临时好用。

又过了两日,到十八下午,忽宫里飞马传宝玉朝见。宝玉即忙到枢密院时,原来后宰门里揭了好几张没头榜,说的是盐枭屯据沧州,蓄心已久,一朝变生肘腋,甚是可虞。又说关部书役串通海盗,私开洋禁,偷放米石及火药出洋等语。圣上因关系甚大,又不便无稽之谈,遽行办理,圣意要差一亲信大臣,往彼查察。北郡王就举了宝玉,当令召对,宝玉慷慨直言请行。龙颜大悦,就赏了匹龙驹,令其到彼妥办,再加升赏。

宝玉回府,大家知道此事,都替捏一把汗。然无可如何,连忙收拾行李,带了包勇、李贵、焙茗、王元等四人,于二十早晨陛辞出京,望天津进发。

廿二早晨已到关口,刚值放关,宝玉只得停车等着。只见关口来了一只船,船上跳起一人,向关上道:“李十太爷在么?说我鲍二太爷要见。”宝玉见这两人面熟,便觉诧异,就命焙茗悄悄上去打听。只听得那人说:“十爷诸事费心,我们的船通过去咧么?”关上的说:“米船过去久了,就是那话儿的船也过去了百五十担了,我都差小厮送过南关。”那人道:“费心,费心!”又低低道:“我这里还有一船铅弹,也要你老送了过去才好。”关上道:“这何妨?”便叫小厮道:“你们那个送鲍二太爷过南关去?”下边齐声答应。那人又回头叫下人拿一包过来,约有三四百银子,道:“这不算什么!送你老赏赏人罢!”关上的道:“这又何苦?只要你将来得意的时,带挈带挈我们就好了。”那人道:“患难弟兄,何必多说?就是上头一层,若识时务,富贵也不小。”大家一笑,就开船去了。焙茗听得清楚,且关上那人乃系贾政做粮道时闹事的门上李十,船上那人就是通同海盗打劫有案的鲍二,忙忙告知宝玉。宝玉一时不得主意,适浮桥已合,说且去拜关部去。

到了那里投了帖,半日号房出来说:“我们大人今日有些公事不得闲,改日再会罢。”宝玉说:“我是过客,且正因公事而来。”叫他再回,隔了半日,号房出来仍是这几句话。宝玉发烦,吩咐拜道台、运台去。只见两道执事都在辕门,打听时,原来赵盐台设席,请同城文武在这里赴席,只有镇台史大人请而不到。宝玉本系表叔,又有湘云的家信,即忙去拜。

传不多时,里边道:“请!”史侯见了宝玉,先问了贾政好,便问:“老姻台何事出京?”宝玉便将密旨说了一遍,又将方才拜盐台的光景也说了。史侯笑道:“老赵还是这脾气,除要钱外,一任家人们混闹。但盐枭屯聚是真的,我也早有风闻。老姻台单身而去,岂不可怕?且住一天,等我点几百兵护送你去罢。”宝玉道:“小侄奉密旨而来,若一点兵张扬,酿成事端,如何是好?”史侯道:“也是。今夜且住着,明儿将我四十名亲随,远远跟你去,何如?”宝玉谢了。

究竟如何办法,下回分解。

第十回　幻作真征兵娩婳　直报怨拿问赵全

却说宝玉在史侯衙中住了一夜，次早点了四十名亲随，并派两个随官，一叫邬友，一叫巫仕跟往。宝玉随即起身。走了一日，已到静海。宝玉怕惊动人，就在城外公馆居住，令邬、巫二人带了众兵，四散分住，听候传唤。宝玉正在卧房歇息，忽听得外面喧嚷大作，王元忙来回道："我们刚才下店，不知那里来个野道士，也要进来投宿。包勇不许他进来，他便把包勇肩上一拍，包勇跪下不能起来。李贵不依，叫了兵上去掌他，去一个打翻一个，所以大家围住在那里喊叫。"宝玉忙自己出来看时，不禁大惊道："你不是柳二哥么？"那人道："宝兄弟，我来看你，你怎么叫人骂我？"宝玉连忙行礼。湘莲也就用手把包勇一推，便能行动如常。遂同到里边施礼坐下，道："本奉师命为救薛老二而来，但一人势有不能，特迎上来找你，你必须速去。明早先把狮子中李子去了，方保得住。"宝玉重问详细，湘莲将后面之事说了一遍，即忙吩咐连夜起行。

次日巳牌已到沧州，知印官拜年尚在天津，竟投署沧州分州薛蝌署中来。薛蝌见了名刺，立刻请入，各将来意说了。薛蝌道："我正急坏在此，闻风化店盐枭今晚起来，印官不在家，如何抵御他？至铁狮子里藏盗，久有风闻，但兵卒无多，如何收捕？"湘莲道："你不用急！你只取卅束干秫秸，再麻油三十斤，火药二十包应用就是了。”薛蝌忙命去取。去了半日，还不见来。又命去催，门上来回道：“今日是北门外地保值日，当差已传去了。传了来再去派齐缴上，总要下午才得。”薛蝌气得跺脚道：“好个糊涂东西！你知道这是怎么事情？可与我即刻发钱去买，马上送来！”

不多一刻，都色齐了。湘莲命兵丁每人掮上一束秫秸，中藏火药，外面用油浇，陆续行到开元子寺来。原来那铁狮是柴世进门首镇宅的，高有十寻，围圆有五丈，四处闻名这一件东西。到时命将秫秸次第点起，向里掷去。只听叫喊连天，一个个焦猪似的往外乱奔。也有奔出来就死的，也有奔不出的，只有两个奔出要逃，也被湘莲拿住，其余十六人齐齐烧死。湘莲命将死的割了首级，把活的来审。俱供：“大伙定今晚在风化店，杀了巡检参将起事，就来抢城，特命他们先在这里做内应的。”宝玉一面命薛蝌申报各宪，一面分拨兵丁上城守护，又命将这十六首级各制一纸灯，写了名姓城头悬挂，以寒贼胆。

调度方毕，只听得东门外枪炮之声不绝，贼兵离城只十余里了。宝玉忙命薛蝌守东门，湘莲守南门，邬友守西门，巫仕守北门，自己将辟兵、辟火两珠挂在身旁，预备巡城。却先到书房烧起信香，请芙蓉神指示。烧了好一会没见动静，正在焦急，忽听云端中喘着喊道：“好了，请了姽婳夫人来了！宝二爷，你只见黑风起处，你就邀柳二爷冲入，定得全胜，临时我再来接应。”说着一朵彩云飞去了。

宝玉连忙上马巡城。原来兵、火二珠挂将起来，十里以内枪炮无声，弓刀全折。那贼正要耀武扬威开放了母炮、连珠炮攻城，谁知宝玉一过，齐行炸了。贼头“跳地虎”大怒，吩咐放箭，箭纷纷自坠。正在诧异，忽见南方一队军来，多是红裙绿袄、凤鬟月面的女将。那贼劫妙玉时，一个佳人尚尔不舍，如今见了许多，大喊一声就冲上去。那知将到阵边，黑风陡作，那些贼众好像在急浪里滚将下来，甲倒盔歪，把立不住。宝玉见了，就同湘莲点了四十名亲随，杀将出来，见一个杀一个，见一双杀一双。不够两顿饭时，已将五百贼兵全行杀尽，贼头“跳地虎”也被湘莲生擒。正要回兵，只听得云端里晴雯喊道：“还不快同夫人兵杀上海上去，了却此贼！”宝、湘二人见了彩云，勇气十倍。

且说那里这半贼众，正因等到四更不见捷报，贼头“钻天龙”带了五百人迎来接应，半途恰好撞着，枪箭并作。宝玉虽有宝珠不能加害，无奈人少正难抵敌，忽然半空里黑风又起，那贼众仍前一样立脚不住，回头就走。宝玉正追赶间，史侯得了捷报，引了兵正从此路来救，两下夹攻把贼众杀的杀，降的降，“钻天龙”只剩得廿余人下海遁去，鲍二也被湘莲活捉了。

时已廿三，贾、史二人即刻会衔飞奏。因有许多情节不便细叙，宝玉遂托湘莲赍了折子，骑了御赐玉龙驹前往。那马日行五百里，夜行五百里。不到廿四日中，折已批回，道：“史鼎虽失察于前，但闻信即能奋勇赴救，拿获多人，尚属能事，着加二级。贾宝玉身入虎穴，乃能拴获首贼，克奏肤功，实属可嘉，着加恩晋封一等侯、晋加兵部侍郎，赏给上方宝剑，先斩后奏。林晴雯封为贞敏仙姑，赐御祭一坛，听本家自行建祠。所有柳湘莲及薛蝌等俟查明再降恩旨。至赵全身为关部，听信书吏私通洋盗，贿放食米禁物，实属昧良，着即革职拿问，交于宝玉会同史鼎严审定议，家产亦行查抄，所有印务即着宝玉署理。等谕。”贾、史二人接了旨意，忙将沧州的后事交于柳、薛办理，即忙起身来津。

恰值天津府县二官，因廿五日上衙门日期，前又扰了盐台，也要分别答席，遂于早鼓报递手本，赵盐台接入请安，坐定。赵全道：“沧州闻得明白了，那起混帐的东西究竟什么人？敢于戕官作乱，史大人才去平得怎快？”府县回道：“听得先有一位钦差大人，在那里用法，拿了一大半。”赵全道：“正是，我也听得这么说，究竟什么官儿？”府县回道：“听得说荣国公贾府少爷，过这里时，还拜过大人呢。”赵全道：“这又奇了，怎么我全不知道？”因叫小幺儿到门上去查，不一时门上来回道："就是开印这天，有位贾二少爷来拜，奴才因正在唱戏摆席，回复去了，没有什么钦差。"府县忙道："正是他呢。"赵全道："这里五方杂处，不要说打秋风游客、寒士闹不清，就是京里老先生们，一月总有几次来拜会的。会了他，不过程仪酒席应酬，于私事有损，于公事无益，所以我也懒得见。如今那位贾公既得了功，怕案内还有我们盐案里的人。你可打听他回来时，打发跟班拿我名帖去接接，说前番失迎，送他一顿下马饭，描补描补就是了。"那门上连忙答应下去。又向府县道："若说贾府呢，倒有根基的。前番我当锦衣卫时，他家里因事查抄，虽荣府里，两个王爷护住了没有动，我只抄了他宁府，也弄了他好几千银子。"府县道："这是大人的福气，才有这样美差。"赵全道："算什么？不过，可以取则取罢了。"

正说间，只见门上又忙来回道："史大人同贾大人来拜，不等传点开门，就进来了。"赵全大奇，忙穿公服迎出，只见贾前史后，昂然直入。到了二堂，史鼎便道："圣上有旨，赵全跪接。"就将方才旨意宣了一遍。老赵不但不谢恩，倒乱喊道："赵全是皇上好奴才，拿不得赵全的。"史侯道："赵二哥，你不是疯了？如何使得？"赵全只是不理，史侯把眼一掇，就走上两个随官，将老赵公服剥去拿下了。一面封了前后门，令府县带领亲随人等进内查抄。一会儿，在帐房抄出折子一个，都是放洋米实数，前后共有二十余万。又抄出泥金五爪龙弓箭袋五百副。随后忽又抄出荣老国公扳指一个，宝玉认得自己家里东西，尤深诧异，就向史侯道："大人督同县里在此查抄，我同府里到关上拿了他用事家人来，以便审讯。"

随即出城到关，只见李十正在那里扬扬得意。焙茗不比前番，一马上前，喊道："李老十，我们二爷奉旨来了！"李十看这光景，忙上前打了千，道："奴才请二爷安！请府里的老爷、太太安！"宝玉冷笑道："不敢起动。"回头吩咐："与我拿下！"顷刻，照例上锁。一面封关，一面将册子及经手人等，带至衙门一并审讯。李十料赖不过，只得将通同鲍二，贿放情节一一供出；又将玉扳指系鲍二打劫时所得，特送与赵全的，一并招承。当将鲍、李问成枭示，赵全绞决，据实奏明。

如何办法，下回分解。

第十一回　再嫁婢羞侍饯筵
九秩妃欢寻寿宴

却说当今接了宝玉奏折，除依议外，适江南甄制台之子甄宝玉，以去年议叙调取来京升用。路上雨雪，且又同了李绮来的，一发难走，直到上元才到。开印引见，却值长芦缺出，遂以四品京衔管理关部盐政。又推贾政之功，将贾琏放天津道，薛蝌升了天津府，柳湘莲补风化店参将，以酬其功。旨意一下，大家多忙着道喜。甄、贾二姓本属世家，倒还看得淡。独有薛家虽称豪富，但不过倚仗有钱，结交几门贵显亲戚，实在没有做官的人，如今猪堆里跳出象来，竟是黄堂太守，不说别人，就是那呆子也扬扬得意，竟是一位大大老爷。

适这日，冯紫烟与贾、甄二公饯行，请他做陪。他是无事人，过午便到。坐定后，门上递一手本进来要见，薛蟠便问："是谁？"冯紫烟道："是蒋玉函。"薛蟠知是袭人当家的，就命叫他进来。琪官见了便向二人打千请安，薛蟠道："你去年大吃苦了，怎大家货亏你捱！如今白嫩如旧，没有瘢痕么？"

蒋琪红着脸道："没有。"冯紫烟便道："来有甚事？"琪官道："小的去年闹了这事，京里有些站不住。现在新收了一个徒弟。新任天津盐台却是爷们世交，求爷荐荐。"薛蟠不等冯紫烟开口，便道："今日正请他，等他来就和你说。"蒋琪忙打千道谢。冯紫烟道："说便替你说,但新惩创之后,恐商人处也不好便荐。”薛蟠道:“他们不依,你到我们二老爷衙门里去,怕他不依。”

正说着,甄、贾二公也到了,便吩咐摆席。贾琏见了琪官便问道:“他为甚在这里?”薛蟠道:“我留他在这里的。”便招手道:“快来!”琪官忙上来请安,甄宝玉道:“尊姓?”琪官道:“小的蒋琪。”甄宝玉道:“久慕,久慕。小旦曲子六府班独绝的。好请教么?”蒋琪忙打千道:“求大人赏点。”遂点了一出《花魁》,蒋琪顿开喉咙,真有绕梁之韵!甄宝玉大喜,赏了个荷包并锞子。薛蟠便道:“琪官家还有个年轻的更好,况他家里也是好人,明日就是座上人往他家乐一天。若不赏脸,就拿大人们架子了。”众人皆知呆子脾气,说都来。席间,便将蒋琪所求之事说了,甄宝玉道:“这本不值什么,但如今长芦窘乏异常,商人中有家私的只一姓木的,也很难缠。到那里看罢了。”说罢,散了。

次日,薛蟠便到蒋家见了琪官。琪官道:“我正自己要去问那姓马的。薛大老爷,里面请坐!”遂同到了上房,只见袭人穿着银红袄儿,青缎子背心,白绫细折裙,正在摆果碟,便道:“薛大爷请坐!”薛蟠道:“今儿难为你。”袭人道:“这算什么。”琪官送了茶,自去了。薛蟠坐着吃烟,忽想起来道:“花姑娘,宝二父回来,到过你家没有?”袭人含着泪摇头。薛蟠道:“了不得,我见了不依他。他如今三妻六妾,好不快活。”

正说着,蒋琪领着那人来了。薛蟠看时,脸圆秋月,眼掷春星,不瘦不肥,十分娇媚,头上戴一顶紫呢结金线骨种羊秋帽,身穿着三蓝洋灰鼠袍,趿着福色蝴蝶履,斜着打了半个千,早把薛蟠魂灵摄去。隔了半日,方问道:“你几岁了,姓甚名谁?”那小厮道:“我是属兔的。姓马行二,他人说马二是冯,送小的号叫小怜。”他见桌上有水烟袋,就拿来先把烟灰吹了,点着纸卷子,装了烟,送将上去。薛蟠吃了几管,便不要吃了。小怜又装与袭人,道:“蒋嫂子,你吃。”袭人欠身吸了,他方装来自吃。

外面报冯紫烟到了，大家出来，客位里坐定。不一时，甄公子亦来，命去催贾琏，一面坐席。去的人不一会同焙茗来道：“琏二爷叫道谢，实在有事。”薛蟠问道：“你几时天津来的？”焙茗道：“今日才到，正要送舅老爷府报去，知道在这里故特来的。”薛蟠接信来看。琪官让焙茗里面坐，见了袭人道：“花姑娘，一向不见，可好？”袭人也忙问好让坐，并问：“府里近来好呀？”焙茗道：“很好。我们二爷做了大人，又是郡马，六位姑娘伏侍着，自主自张，比得前日吗？”袭人道：“正是。那里这些人？”焙茗道：“紫姑娘、芳姑娘、柳姑娘、玉姑娘、莺姑娘，还有蕙姑娘。”袭人道：“那个蕙姑娘？”焙茗道：“就是有人说他轻狂，太太和芙蓉仙姑一起撵的。”袭人道：“麝月妹妹，人又稳重又本分，难道倒没用么？”焙茗道：“府里此刻多是郡主拿主，他挑的人总要聪明伶俐，若是心上做工夫的，郡主说他阴险，概不用的，况麝月妹妹本已先嫁了人了。”袭人又问：“芙蓉仙是谁？”焙茗道：“就是晴姑娘。他因得了功，圣上封他仙姑，还赐御祭，颁到时太太们都要去拜呢！”

正说时，小怜来道：“嫂子，蒋哥叫你出去，甄大人要见见你。”袭人道：“怪臊的，我不出去。”焙茗道：“琪官儿这么说，姊姊说不得不去了。”袭人无奈，掠了掠鬓出去见了，不觉不惊，勉强打了半个千，起来立着发怔。甄公子打掠了一番，人尚妩媚，便问他：“会唱么？”袭人道：“不会。”甄公子道：“既如此，你替小怜斟杯酒，他替你唱！”琪官道：“大人吩咐，你可斟了酒再进去。”袭人无奈，依命而行。心里想：那人与宝二爷一般无二，但宝二爷何等柔情宛转，那人这般官派，真是个禄蠹，便倒在床上暗泣去了。

这里席散，甄公子一样三个赏封蒋家夫妇和马二的。薛蟠给了卅两席费，又银十两，嘱明日同马小怜成全好事，琪官允了。

到了次日午后，琪官同小怜来呆子处请安，薛蟠便留住吃夜饭。初时，尚猜拳赌唱，后来索性通了，蒋琪抬起轿来，把那小怜脸晕晴霞，体融暖雪，大醉如泥，不省人事。琪官忙帮着替他脱了外衣,拉了鞋袜,连一条水绿绸中单也轻轻褪去,只留着一件大红里月白面天鹅绒镶的紧身遮体,愈显得唇红脸白。薛蟠见了欲火烧心,便对蒋琪道:“奇功已奏,就请回营。”遣他去了,便关门一觉。佛家说:“孽者,障;障者,孽。”不知是那一条了。

次早醒来,海誓山盟。薛蟠便要小怜家里来住,道:“你在饭店又不方便,又要花钱,不如我这里住罢!”小怜道:“我闻得你家二老爷和柳大老爷日内进京,我在此算什么?不如等他们去了再来。但你不在家,叫我找那个呢?”薛蟠一想,道:“也罢。我同进去见见你婶子。你来,我不在家,找他便了。”说着,便同他往里走。

却说宝蟾见呆子昨晚所为,正不耐烦,忽见得一个小后生来,比蝌二爷好的多,便回嗔作喜道:“你同来的什么人?”薛蟠道:“这是我新认的干侄儿,他来我不在家,你照应些儿!”宝蟾堆下笑来道:“这个自然。”忙叫丫头倒茶,又向薛蟠做鬼脸,道:“要吃扶头酒么?”薛蟠道:“也好。”于是三人就在上房吃了早饭才散。小怜看见那妇人打扮妖精似的,十分狐媚,便三月三荠菜,起了心了。

且说郡主花朝生日近了,因焙茗来说:“那日子二爷怕赶不上。”就懒惮举动。那知初十晚,北府里已送了寿礼树、金枝玉叶万年桃盆景、二幅七宝装的暗八仙挂屏、一柄天然竹根如意、一对通天犀雕寿意的劝杯,并说太妃要亲来道喜会亲,乘便游园。郡主连忙预备,一面铺设园子,一面邀请陪客。到了当日黎明,郡主便拜了寿星,到祠堂及上房行礼。回来刚才坐定,已报亲家柳郡主及李绮到了,随后薛姨妈并岫、琴、湘、探陆续到齐。郡主便托宝钗、巧姐代做主人,邀入大观园吃面。

巳牌时候,报太妃已到,王夫人忙同郡主、尤、李等出接。只见提炉宫扇,一顶金顶绿呢八人大轿,雅雅而来。

到二厅下轿后,便道:“恕我不行礼罢。”先向着王夫人道:“这位亲家太太和东府里小亲家,我还认得。这两位呢?”黛玉道:“这是珠大嫂子。”太妃道:“可是你柳家姊姊亲家,我们多一层亲了。”

黛玉又道："这是琏二嫂子。"太妃道："是新放道台的太太么？我正来道喜呢。"说着已到上房，入坐献茶。太妃便问："今日没有别的亲戚么？"郡主道："都在园里吃面，得了信自然就来。"太妃道："不用惊动他们，歇一歇我们也就园里去。"家人预备竹兜请坐，太妃不用，和王夫人等缓步入来。先是潇湘馆，只见两边石长盆水仙花开得十分，便问郡主道："这是你旧屋子？"郡主答应："是。"太妃道："怪道你十分灵秀，就是得那一股花香，把你也薰得透灵了。"大家笑着，到了怡红院。看见海棠春色，三分娇含半醉，便道："这是女儿棠，难得的。京里只有大内有几棵，在外我那里二棵，南安府里、觉生寺各一棵，余就算这里了。"

正要进去坐，只听得一派裙履缭绛，环珮叮当声音。原来姨妈等知太妃来，忙吃了面绕道赶来的。太妃向柳郡主道："你怎么不来见我？"柳夫人忙上前请安。太妃又问："这年尊的是谁？"郡主道："薛姨妈。"太妃道："就是你们薛淑人令堂么？"因问："那位薛淑人？"宝钗忙上前行礼，太妃拉住打量了一会道："品格儿很俊，何苦又借我们格格名呢？"

一路走着说着，已到栊翠庵，惜春忙忙出接。太妃行香毕，笑道："四姑娘，你宝哥哥出家为林妹妹，你又为什么呢？"惜春杏脸微红，道："老太妃又来闹笑话了。"太妃看见佛龛旁挂一幅水墨观音，旁立一侍女，太妃道："这侍女好面熟，却叫不出！"黛玉笑道："妈，怎么着？这是四妹妹自画的小照。"太妃也笑道："真老糊涂了，亲家借我临一幅。"惜春只得应允，除下来叫彩女收着，走出了庵。只见一簇杏花如荼如火，柳夫人问："这是那里？"郡主道："这就是你乡下亲家母住处了。"李纨笑道："城里亲家不知道的。"迤逦已到了沁芳亭，只见梨香白雪，柳嫩黄金。宝琴说了句"梦影梨云正茫茫"，郡主笑着向宝钗道："比'良辰美景奈何天'何如？又该你说道学话了。"

正热闹间，已到省亲正殿。郡主取表看时，已到巳正，忙命摆

宴。殿中间炕上是太妃，东首薛姨妈，西首王夫人；地上四席，便是柳夫人等告坐。送席完后，大家才用酒果。只见仆妇捧上两个银丝盒子，里面一盘烂煮肥鸭，一盘鹿尾，端来放在中桌。芳官、五儿上来在炕沿上屈了膝，将顶烂的用上盘拣来，送在太妃面前。太妃笑道："格格，你又那里打听的？"郡主道："做女儿不知娘脾气，还好？"太妃拿起金镶犀箸道："恕我老饕占先了。"竟恣意大嚼，将那两样吃有四五分光景，大家席上小吃也上了三道，方放下了箸，回头把官女们去了。一面用茶漱了漱口，便说要下去走走。郡主忙出去送，已上轿了。

回来重又上席，只见紫鹃来回："宝二爷已回，进朝复命去了。"大家便要起辞，郡主不肯，又珠围翠绕，红飞绿舞，痛喝了一回，方才席散。送客后，到上房，宝玉正在说沧州的事。掌灯后，方同郡主回房。

夜里如何拜寿，如何谢寿，下回分解。

第十二回　夫贵妻荣新任赴
女淫男盗宿愆偿

却说宝玉次日朝回，说及天津三处托他办理接家眷。其中李绮本是暂时来京，此刻不过添了李婶娘一人，仍旧叫包勇送去就是。刑岫烟亦无他说，惟薛姨妈放心不下家里。刑岫烟道：“想起去年十月里这样光景，倒不如到侄儿衙门里去风光风光，若不放心菱姊姊的哥儿，带了去就是。”姨妈也就允了。只有邢夫人也不说去，也不说不去，弄得平儿进退两难。

郡主道：“这交给我。”下半日，就传净军所王善保家的来问：“你知罪么？”王善家碰头道：“奴才知罪！”郡主道：“你既知罪，现有一事，你办得上我就饶你。”就将邢夫人的话告诉他，限明早回覆。那知当晚便来道：“大太太另有意思，奴才不敢说。”郡主道：“你说不妨！”王善家道：“大太太因去年这事，自己后悔，对着二奶奶、巧姐儿很没意思。环哥儿时常去献些小勤，太太倒中意他。要郡主做主，替他或对大亲，或放个人，情愿同他一屋住。”郡主笑道：“可见百货中百客，知道了。”王善家又跪下道：“奴才这差又脏又重，实在当不上，求施恩。”郡主道：“饶了你，不许再生事。”王善家忙碰头道：“奴才再不敢了。”开发已毕，便到上房，适贾政亦在，便将此事回了。贾政虽恼贾环，想来终非了局，便道：“亲是没人肯对的，此外随你们罢！”郡主明知贾环与彩云有蒂儿，但王夫人这假道学脾气，是说破不得的。次日，假意叫丫头挑了一挑，便挑了彩云，择廿一圆房。即于是日饯行，薛姨妈、李婶子及平儿等话别缠绵，无容细说。

次日是黄道日，三家装束停当，用车载至张家湾下船，只有薛蟠到了杨村，便道："这里糕是有名的，停船去买。"岫烟想起前番同李家姊妹趁船进京，前路茫茫不知若何结局，不出十年，居然都是皇封诰命，又同在一块，兀自欢喜，因过船话旧，并打发人请平儿。平儿正打扮过船，忽见一女人蓬头赤脚，跪在岸上叫："平姑娘救命！"平儿暗想："这人怎么忽叫我小名？"吩咐传来。那人叩头道："小的是鲍二的女人。此番鲍二正法，小的发功臣为奴，押解赴京，身无一钱，被公差磨难的了不得，求施恩。"平儿道："王法是没解救的。若没钱，我和太太们商量给你几个。"遂赏了十吊钱，即开船南下。

到了天津，各家俱全副执事来接，十分热闹。就是呆子既是知府令兄，又是道台表兄，又是钦差令舅，又是盐台世交。那班趋炎附势的邀他今日听戏，明儿听档，无日不醉，把呆子几乎乐而忘返了。倒是姨妈怕宝蟾一人在家闹出原故，屡次催他，方定于初九贾琏做寿后回家。

如今且说小怜自薛蟠出门后，他以照门户为名，搬在薛家居住，与宝蟾恣意淫乐，无所不为。一日，忽想出去逛逛，饭后随到前门听戏。方到戏馆门首，忽撞着琪官，道："那一处不寻你，且同我到茶馆里坐。"小怜便问："何事？"琪官道："昨日卜世仁来说，天津海盗案内有一同行姓张的，被他扳了，要问死罪，他情愿倾家买命，你办得上么？"小怜道："这又何难？但肯出多少？"琪官道："竭力打算五十黄物。"小怜道："好贱命，叫他出一百罢！"琪官道："再和他说，你听完了戏，到我家里来。"小怜应允。停晚到蒋家，琪官早在门前等，便邀入里面吃便饭，道："那家实在出不起，再三说加了廿两，先送一半在此，你可赶紧去办。"小怜道："既是蒋叔叔这样说，也罢了。”于是和袭人三人同吃了饭。小怜还问袭人：“认得宝蟾么？”袭人道：“怎么不认得？”小怜道：“他皮肉不如花婶子，风月却好。”袭人红着脸道：“小猴崽子，又混浸起来了！”小怜一笑，拿了黄物走了。到了薛家，给宝蟾看，并告诉原故。宝蟾看见黄邓邓锭儿，白馥馥脸儿，有甚不喜欢，自然人财两得了。

那知次早还未起来，只听得打得门乱响，赶忙穿衣，“呀”的一声，门已开了。靴脚之声渐到窗下，口里喊道：“奶奶没起来么？小怜那里去了？”小怜忙披着衣服，到屋子里请安。薛蟠见了大怒，道：“你在这里做什么？”那小怜情急计生，道：“我要去逛小市，来问婶子可要买什么？”薛蟠道：“放你妈的屁！逛小市，赤着脚去么？”小怜怔了半日，道：“一双袜忘在外面，正要扎去。”便夺门走了。

宝蟾只装假睡，薛蟠进房，骂道：“淫妇干得好事！”宝蟾一翻身，道：“谁骂人？”薛蟠道：“大清早晨，把小怜藏在屋里做什么？”宝蟾道：“小怜早到小市去了，在这里寻。”薛蟠见了宝蟾，本自心软，今见二人说话相同，便道：“我去问准了他，再问你。”顺手抽了根鞭子，到书房里，道：“小怜，你该打多少？”

只见小怜衣服也没穿好，躺着发怔，见薛蟠来使性子，便哭着道：“上房是你叫我进去的；这里住是你叫我住的，我有什么不是？吃了你几天饭，就拿出主子腔儿，打起来了。”一面便自己把上下衣服褪下，光身体合扑着道：“请打，请打！”那薛蟠见了这一身雪练似的白肉，按捺不住，把一根竹鞭子丢了；另拿一根肉鞭子，对着要紧地方，结结实实教训了一顿。那小怜此时也顾不得廉耻，顾不得疼痛，压在底下一面捱，一面说。闹了半天，便把呆子说转了，道：“罢呀，下遭撞着，仔细白刀子进去，红刀子出来。此刻且跟我和你婶子执证去。”说着，先向上房去了。那小怜无奈，老着脸穿了衣服，也跟进来。两边人看见他，都抿着嘴笑。到了窗前，只听得宝蟾道：“好爷们，一到就闹着没人样的事。”薛蟠道：“难道只许你乐，不许我乐么？”小怜知云头已散，便捱进去道：“事已明白，怪臊的！还说他怎甚?”

宝蟾心虚,也不再提,便问了一回姨妈好的话。薛蟠便催饭,家人放桌子,问几位同吃?薛蟠道:“他们两个配同吃,我不配!快拿来我先吃。”吃完套上车,到贾府并各处送信。钗、琴等兄妹相见,自有一番情话。

却说薛蟠车上想起小马这事,留呢留不得,舍又舍不得。要告诉两府里,又怕他们笑话。因思本是蒋玉函来头,拜完客后,便到蒋家与他商量。琪官一见,忙道:“爷来了,还没来给爷请安,倒蒙光降,了不得!”薛蟠道:“有话和你说。”就将小马心事告诉他。琪官呆了一晌道:“不难,只叫小怜写一张不叫不许来的伏辨。爷叫,不怕他不来;不叫,也不怕他敢来。不好么?”呆子道:“很妥,你就去办!”琪官去了半日,来道:“事已办妥,明早亲自来递。但天已晚,出城不及了,就是小的这里住了罢!”薛蟠只得住下。

且说宝蟾见呆子去后,便道:“这事被他看破,终有些不妥。”小怜道:“可不是,刚才不是这条苦肉计,还了得么?但当着人被他那样糟蹋,还有脸来走动么?”宝蟾道:“我也还有脸么?‘三十六着走为上着’。现在有五十金子,他的行李并拢来也有二三百银子,收拾收拾,趁个空儿走了倒妥。”正商量间,琪官又来说这话,那小怜千央万告,求他留住薛蟠一夜,他明早来再商,一面买些酒食来,买住众人,自己却和宝蟾收拾了半夜,诸事停妥,黎明,街头叫乘乡车出城走了。

却说薛蟠在蒋家睡到天明,催玉函去问讯,玉函道:“天气还早。”那知薛家小厮已赶来说:“奶奶和马相公走了。东西值钱的都拿了去。”呆子一惊不小。

后事如何,下回分解。

第十三回　无可奈何罗巾忿缢 似曾相识团扇羞遮

且说薛蟠到了家中，只见箱笼齐开，东西都乱哄哄的堆着，气得目瞪口呆；虽把家人打的打，骂的骂，终然无益，只得到贾府告诉。宝钗听了叹口气道："我早虑及此，只好等妹夫回来。"不一时，宝玉朝回，闻知此事，不胜诧异，一面即传大班儿上及坊役，一面设酒与薛蟠解闷。恰好门上来回："大班传到。"宝玉便将此事告知，谕令上紧缉捕。该班不敢怠缓，先向薛宅家人切脚。薛家将小马系蒋琪荐来，昨晚又来和他说话告知。他们就去找蒋琪。蒋琪虽极力分辨，那里放得他过，竟把他软禁起来，着他要人。谁知隔了一日，卜世仁闻得此事，又递上一呈，说设谋骗了金子百两。这遭琪官受累了，一物是交与他手里的，推到那里去？坊里审时，就要动刑，幸他伶俐，看光景不好，情愿代完，于是押了。将一切衣饰变卖，连屋子都抵给他，还不及十分之五，只得立限比追，头限还支吾过去，后来这毛笋老头的味道又要尝了。那时，袭人这房子已封，只得寄住花自芳家，自己衣食不周，琪官的班房使费渐渐都没了。

琪官左思右想，除写了一张冤单，叙了苦情，又一张遗嘱，说：袭人原系贾府旧人，叫他依旧投靠去。捱到人静，就将茜香罗汗巾自尽了。袭人得信，赶去哭了一场。送殓已毕，衙门里又来着家属追寻。花自芳只得与妹子商量，过了出殡，便将衣服浆洗浆洗，雇乘驴车投奔荣府后门来。

后门外依旧十几副担子，在那里卖吃的、卖耍的。许多小厮们哄着，但多而生，袭人不便去问。忽见一老妇拄拐而来，袭人记得王善保家的，忙去问好，并告知要到薛奶奶那里，不知近日在园中、在上房的话。王善家道："薛淑人住居不定，我也找不着。况此刻府里总是郡主做主，找他也不中。我去年为你们琪官的事，打了四十板不算，还发在净军所当差，几乎命都送了，此刻才饶了回家。我还敢管这闲事么？"袭人再四央他，他想了想道："也罢，这里柳老大你认得他的，他烧香也将回来，你央他同进去还可。他是柳姑娘母亲，又救郡主回生的功臣，现在总理府中一切，就是赖妈妈、林妈妈还打后呢。你等等儿罢！"说罢，自去了。

袭人无奈，等了一会，只见一辆飞檐后档车赶进，后门旁的小厮都站起来。那车赶至庭心里，车夫吆喝住牲口，把踏脚凳放下，跳下一个十四五岁小丫头来，将凳踏住，扶下一位半老佳人来。袭人看时，不是柳嫂子是谁？正要迎上去，只听柳嫂子道："呀！花姑娘几时来了，为什么不进去？"袭人忙抱腰，告诉他原故。柳家道："事都知道，可惜来得不巧，郡主不在家。"袭人就说要见薛淑人的话，柳家的道："那屋里我不大去。你既来了，且到你妹妹屋子里去见见旧时姊妹，吃了饭，叫他们送你去就是了。"

两个拉手到怡红院门口，柳嫂子道："五儿，你一个旧姊妹来了。"五儿道："请进来罢。我占住手呢。"小丫头看见，打起软花帘子请进去。只见中间陈设着五色珐琅宝云鼎，左首一架玻璃洋画自鸣钟，右首一只霁红瓶，供着五色牡丹。炕上铺着大红顾绣枕垫，八把椅子，一色元青缎垫。袭人想起初到怡红院里，是第一个人，他们都要听我指挥，如今他们这样风光，我倒弄得进不得，退不得。正在暗泣，五儿、芳官已从房里出来说："我道谁？原来是位大老前辈来了。"只见五儿穿着洋翠羽缎盘金线一裹圆鹅黄衬衫，大红洒花夹裤。芳官穿着粉红缎三蓝绣花一裹圆月白衬衫，宫绸洒花夹裤。多是珠翠满头,十分富丽。彼此拉手问好,坐下。柳嫂子便说:"我有事,失陪。"去了。

袭人便向五儿说来意,央他帮衬。五儿道:"这个自然,但此刻郡主北府里太妃有病未能即回,且等两日罢。"袭人又说先见太太及薛奶奶的话。五儿道:"那容易,你且吃了饭再说。"一面吩咐传饭,一面叫请四位姑娘,说有一位旧姊妹来了。去不多时,紫鹃和四儿、先儿潇湘馆来见了,随后玉钏、莺儿也来了,大家说了别后情事。袭人又提及见太太的话,莺儿道:"吃了饭,我同你去。此刻他们都在上房不得闲,但事情总要郡主回来做主。"

正说着,吴登新家的要上来向紫鹃回甚话。紫鹃道:"今儿初一,已交了印了,回五姑娘罢。"吴家的遂向五儿道:"现在薛太爷要下天津去,邢姑奶奶及琏二奶奶两分寿礼请姑娘配好,发出带去,省得又差人。"五儿点了点头,袭人问:"怎叫做交了印?"莺儿道:"我告诉你,此刻府里郡主一人做主,派我们按月分管。他和芳妹妹,及柳妹妹都与郡主生死因缘,派他三人为正。因玉姐太太的人,我宝姑娘的人,四儿妹妹是芙蓉仙的人,分派为副。"袭人道:"你们俩我还明白,四妹妹怎么是芙蓉仙的人?"紫鹃道:"郡主说,四儿品格宛似芙蓉仙:况又同时无罪被撵,晴妹妹成了仙,就算他副手了。"说着,饭已端来,四盆四碗,小吃在外。袭人久没有这样气概,便觉盛设了。

刚刚吃完,林之孝家来回道:"此刻刑部里发下两个女犯来,说是我们这里旧人,特发来为奴的。"五儿道:"这又奇了,是谁?你且传他来见见。郡主来,好回。"林之孝家答应去了。玉钏道:"你到外面问去罢。撞着熟的,我恰难为情。"

五儿把嘴一努,小丫头忙把一张马踏椅放在门外。刚坐下,二人已进来了:蓬头赤脚,衣服破碎,在阶沿上碰头。五儿问年长的"你是谁?"他道:"奴才是鲍二家的。因鲍二闹在盗案里头,故把奴才入官的。在路上见过二奶奶及邢姑奶奶,还赏了几两银子。"五儿命他起来，又问年轻的是谁？好面善。那人道："小的是二姑娘房里的桂花儿。陪嫁到孙家去，姑娘没了，孙姑爷收了奴才。没几时，又不要了，把奴才赏给赵家李十做小，此刻李十亦已正法，故一起发来的。"五儿听了一言不发，歪在椅上有个把时辰、桂花跪的双膝生疼，连林之孝家也站不住了，五儿才道："候郡主回来发落。"打帘子进来。芳官道："你不是疯了？袭人姐要到上房去，你坐这一晌，做什么？"五儿道："你那知道，他就是桂花儿。那年，他见了你给我的玫瑰露瓶，他就告诉林家的，几乎当贼赃办。今日这样还算以直报怨呢。"

莺儿便同袭人到上房来，从缀锦阁过，只见灯烛辉煌，告诉他道："这就是晴雯妹妹的仙祠。如今太太都去行香下拜，好体面。"袭人道："这痨病死的鬼，倒还灵么？"莺儿道："很灵。前儿傻大姐从这里过，几乎拿了去呢。"说时，已到宝钗上房，莺儿回了，袭人就跪下去，宝钗一把拉住道："这事全是我误了你，怎么好？惟有求太太竭力和郡主说，设法儿才安。"一面命他坐下，又说了些话。只见麝月进来，彼此问好，就说："太太听得玉钏姑娘说你来了，很牵你，叫你就过去。"

宝钗同他到了上房。太太见了，先说了一番抚恤的话，与宝钗一样，随后和宝钗道："我想林家的还不得回来。他到底是宝玉旧人，等宝玉到屋子里时，你说我的话，叫他见见。或者宝玉留住了，不省了我们多少事。"宝钗答应去了。

后事如何，下回分解。

第十四回　憾旧事弃婢泼水
发新令名姬选花

却说这日晚间，宝玉恰好偶然来房。宝钗便道："有个旧人，太太叫来见你。"袭人就上来行礼，宝玉冷笑了一声，恰好秋纹送茶上来，就将这杯茶接来往地下一泼，道："这可收得起么？"放下杯子，起身去了。袭人十分难过。宝钗也叹气道："整日说人家禄蠹，做了官连家里人都改了样，才是禄蠹呢！"胡乱过了一夜。次早告诉王夫人，王夫人也闷闷不乐。宝钗道："还有一法，如此如此。"王夫人道："也好。"

过了一日，宝玉到上房说了回话。太太道："听到宝丫头身子不好，你也该去走走。"宝玉本因前袭人事不耐烦去，太太说了，只得到宝钗房里。见已锦帐低垂，银灯微炧，榛儿、定儿陪着打睡。宝玉问："奶奶睡了么？"两个答应道："是。"在旁伺候脱了衣服，扯了靴，掩门出去。宝玉携灯到床边道："宝姊姊，又怎么不好？"不见答应，宝玉就揭开帐子。但见上身穿着葱白袄，下身盖着大红洋绉被，朝里睡着。宝玉上去扳过脸来一看，笑道："弄得好鬼！"就趿着鞋去敲莺儿房门。莺儿道："夜深了，爷那边睡罢！"宝玉打得门乱响，莺儿只得开门。宝玉坐在床沿上生气。莺儿道："他是爷的开山祖师，又太太面上，随和些罢。"宝玉道："谁不知他是旧人？既是旧人就该将心对我，怎么只拣我心上人，用暗箭伤了郡主、伤芙蓉仙、伤芳妹妹及四妹妹，一网打尽让他一人。后来顶替一节，又他为首，你既知不妥，为什么不在提亲时候说？直到临时鬼鬼祟祟弄了你这个主儿来，一正一副，把一套外学禄蠹、内实妒虫的话，朝夕絮个不了，絮得我不耐烦走了。你有志气就该守着！”莺儿道：“这是太太的主意，至今太太说起还后悔不及。”宝玉说：“什么话？果真肯守，芳妹妹去的时，被他干娘怎么打，死也不肯，仍出了家，四儿、五儿到了家，死不肯提亲，他娘也只得依了。他又是太太心上人，当真逼他嫁了不成？既嫁不小旦，自然不能干净。但那里浪不得，偏要和蟠大爷、环小子、芸小子赌钱吃酒，闹得花赌的名声合府皆知，什么意思？如今汉子没了，又来府里浪，有你这主儿和他一气胡弄我。你想想，他只有蒋家的床配他睡，难道你主儿也睡在蒋家床上么？”莺儿看来难劝，便道：“梆子下久了，二爷睡罢。”宝玉要茶来漱了漱口，睡下了。宝钗知事不好，暂且搁起。

一日，忽报郡主回府，李纨等都在上房等候。郡主到来，大家先请了太妃的安，然后彼此问好。郡主向李纨道：“你家亲家打听吉期，我问他，大利月是七月，我已允他，就来求亲。”李纨道：“事情本迟不下去，但这项钱粮呢？”郡主道：“到临时好商。”王夫人道：“我还有一事告诉你，一个二爷旧人要进来。”郡主知是袭人，道：“既是二爷旧人，告诉他便了。”王夫人呆了半天，道：“告诉你不和告诉宝玉一样？”郡主道：“只要二爷肯依，便好。”就回至自己上房来。

那时袭人已在等候，只见紫鹃等六人打扮着都至廊下站班请安。郡主缓步进来，坐在炕上问：“这两日有什么事？”紫鹃道：“薛大爷天津去，寄几个箱子来，奴才叫送到薛淑人那里去了。”五儿道：“因薛大爷去，邢姑奶奶、平二奶奶两分寿礼就托他带去，省得又差人。”郡主都点了点头，又回道：“前儿刑部发了两个为奴的来，奴才想：王善家蒙恩免了，净军所正缺人，就命他们去了。”郡主道：“很是。”就问：“今晚暖寿，有酒么？”玉钏站起来道：“奴才们已公备。”郡主道:“既如此,且散散。”莺儿忙道:“袭人在此候见。”郡主道:“进来罢!”袭人忙进来碰头请安。郡主道:“你是太太心上人,得你在园里防范些,不至二爷做出下流事来。很好,但我闻二爷如今见你很生气,怎么好?”袭人道:“实在奴才该死,总求郡主施恩。”郡主沉吟了好一会,道:“也罢。我想,看芙蓉祠的这缺,又清闲;你又素和晴妹妹好,就是太太撵了他,他也感激你。如今派你去,也是二两一月,月费在我这里开销。只是到上房回话,要留神些!”袭人听一番话吓得要死,只有碰头,谢着搬过去了。

下午,宝玉回来闻知此事,道:“好,好,好!这是‘明太祖叫危素守余阙墓’的故事。”郡主道:“我知道什么为荤为素?不过厌听履声橐橐罢了。倒是今日姑娘们替你暖寿,请我陪,不要忘记!”宝玉说:“记得,记得!”

到了申牌,上房转了一转,回来就开席吃起来。宝玉因前事和宝钗不甚说话,席间亦然。郡主道:“今日又不吃螃蟹,那里扭出这许多生姜汁来?”五儿道:“只怕连醋汁也和起来呢!”因笑道:“这样喝酒,没甚意思!不如行个令。”宝玉道:“前番那‘抽花令’很好,但人少了须改个样儿。我做令官,你们都依着我。”遂伸手先向筒里拈了一枝,掷了九点轮着黛玉,便道:“‘百卉甘心让盛名’,你猜是什么花?覆的用书两句,合做并蒂,不许用诗词,怕有躲闪。”郡主想了一会道:“驾彼四牡,颜如渥丹。”覆着了。宝玉便请酒底,黛玉道:“袭字流觞。”宝玉道:“轻行而掩之曰袭。”该是莺儿,莺儿吃了,宝玉便说:“看得春光到牡丹。”把令与黛玉,黛玉也抽了一枝,掷点该宝钗,便道:“‘且向百花头上开’,仍并蒂。”宝钗道:“花名一字,只好拆白了。”便道:“‘盛德在木,原田每每’,酒底是‘人字流觞’。”黛玉道:“无将故人酒。”五儿吃了,黛玉便道:“几生修得到梅花?”收令。

宝钗抽了一枝,道:“‘莫嫌老圃秋容澹’,花要连理。”掷点是芳官,芳官道:“用花别名何如?”就说:“国治而后天下平,树墙下以

桑。”宝玉道：“不错，菊花一句‘治墙’我见过。”宝钗道：“便宜你，酒底罢。”芳官道：“倒是淑人叫我唱一折便算了。”宝钗一面干杯，一面道：“《佳期》罢。”芳官道：“我不配，莺儿姊姊方配。”芳官就唱了一套《十二红》，便请收令。宝钗道：“丛菊两开他日泪。”芳官揎袖抽了一枝，道：“春色满园关不住。”黛玉道：“这枝三姑娘抽过，要庆贺贵婿的。”玉钏、紫鹃就灌了芳官一杯道：“今日是贵婿的寿酒，还不吃？”掷点该四儿，四儿道：“又要拆字。”便道：“‘木曰曲直，口之于味’，这是并头花。”芳官便问：“酒底？”四儿因他姓花，便说：“花字流觞。”芳官道：“花开花落又春风。”恰好宝钗是花落的“花”字；黛玉是花开的“花”字，各自吃了，收令道：“杏花春雨江南。”

四儿也抽一枝，道：“高烧银烛照红妆。”掷点该宝玉，宝玉道：“‘至于南海，蔽芾甘棠’。仍是并蒂，就请酒底。”五儿道：“你收了令，我代说。”四儿就说：“杜陵莫忘海棠诗。”

五儿道：“这令拘得慌。今日是你们两人好日，难得男寿星起，女寿星止。不如对吃三杯，大家陪着就捐了他，另寻热闹的。”大家说：“很是。”宝玉要击鼓催花。又到戏房里取了乐器来，传了几遍，宝钗道：“夜深了，明儿还起早。”宝玉道：“索性再打套十番，吃个‘合席欢’住。”遂自己取了板，黛玉吹笛，宝钗弹琵琶，这里各人一件，吹打起来，引得多少人看。惟有袭人想起那年光景，不必说“桃红柳绿一年春”，竟是“武陵别景”了。

次日如何，下回分解。

第十五回　暗调笑派守芙蓉祠
明糟蹋裸受桃花板

却说那日荣府宝二爷生日。清晨斋了寿星后，里里外外来拜寿的不少。外边宝玉自己应酬，里面来的先是探春、宝琴及北府王妃、柳亲家太太，随后各家戚好本家，没有不来，除王妃因太妃未愈，来了就去，其余多邀来荣禧堂看戏吃面。忽报刘姥姥来了，郡主忙叫："请进。"只见他鹤发如银，拄了个拐，颤巍巍进来，先替王夫人及郡主拜寿，然后与亲戚相见，便道："这里太太、奶奶都认得，那位是谁？"郡主道："是我亲家姊姊。"姥姥又问："薛姨太太、平姑奶奶怎么不见？"宝钗道："他们都到任上享福去了。"姥姥道："阿弥陀佛，你们大家做官，就像我们庄家做田，一辈子又一辈子的。我长久不来，多疏失了。昨日周相公来说，这里少大人生日，叫我来拜寿并求亲，如今平姑奶奶任上去了，这个事就难了。"黛玉道："不妨，我这里飞马去三天来回，姥姥等一两天，吉期大约准的。"姥姥大喜。

且说宝玉在外闹了半天，午后人少，便躲进来和姊妹说说话。到了上房，恰好柳亲家、刘姥姥在坐，就回院里来。打缀锦阁过，顺道上去散散。因吃了几杯，又昨夜不睡，便睡着在榻上了。袭人看见忙上去叙旧，那知已入睡乡。他想："此关不通，终难久住。"便自己脱去衣服，只剩一条叉裤，正要上去俯就，只觉有人背后"嗡"的一声，重重的打了个脖子拐，打的袭人头晕眼花，金星儿乱迸，翻了下来。把宝玉惊醒，看见这样光景，跺脚道："好了，倒扳桨了。"依旧起身去了。

袭人只得回房暗泣。那知麝月这夜轮着园里总巡差使，伺候席散，来耳房上宿。现成酒菜，因邀袭人去夜饮叙旧。大家自然抱怨宝玉薄情。酒醉送袭人回房后，便到园中巡了一遍，回来在房等角门关了，方才就寝。

忽听得吆喝之声，起来看时，芙蓉祠里灯烛辉煌，侍从森立，上面端端正正坐一个晴雯，下面战战兢兢跪一个袭人。只听得堂上骂道："你这该死的骚狐！你要浪，那里浪不得，敢在我这里浪！不是我打你一下，那没人样事就做出来了。好不要脸！"喝左右："与我洗剥了再说！"两边答应一声，把袭人架起，上下衣服剥个干净。袭人双手遮羞，低垂粉脸，跪在丹墀，不敢则声。只听得又骂道："你这淫妇！你自说，在怡红院时，首先诱坏宝玉的，是谁？设法牢笼宝玉，不许他别处走动的，是谁？逼勒他撅断玉簪子赌咒的，是谁？你还要在这糊涂太太跟前暗箭伤人。没有怎么，先打你一顿嘴巴，叫你自供。不供，再打。"两边又答应一声，赶上些丑鬼来：一个把他两只白膀子反转，一个伸起只泥脚踏住他腿，把脸扳过来擎在膝盖上，一个吆喝着拿皮掌左右各打了二十。打得袭人紫添脸晕、红绽牙花，哀哀叩头道："诱坏二爷的，是我。牢笼二爷的，是我。勒掯二爷要他折簪设誓的，都是我。只求施恩。"

又只听堂上冷笑道："要施恩，你那时为什么不少说些？说我罢了，芳官、四儿、他姑娘，姑娘这么待你，你还要杀他，这也罢了。郡主金枝玉叶何等样人？你为他'东风压西风'，一句话钉了根，就用巧劲儿杀他，害得他两位死别生离，百般苦楚。幸他福命大，重新兴起这府里来。不然，你这骚狐，小旦嫁不成，回来投奔那个？你还要串通着那班糊涂主子，诡计多端，想捱进来巴结他，叫你好儿子给你小老婆的，请管慢慢再杀人。告诉你，我如今怕谁？且借你屁股，臊人的脸，与我拄下去打四十板！”两边答应一声，赶上来把袭人赤条条拖下去，揿头揿脚横在地上，一板一吆喝，打了四十，打得两条白腿平日雪光粉致，此时玉碎花溅，捱痛无声，流红有迹。打完放起，爬上去碰头谢打，才听得说：“散了罢。”

麝月怕他看见，忙忙退回，那知被树根绊了一交，猛然惊醒，天已黎明。不胜诧异，索性叫起上夜的女人，等天明到祠前去看，只见堆着一条白绸单裤，一件月白比甲，一个绣花兜肚，认得袭人之物，忙拾起来，拿了到他房里。陪他的老婆子道：“花姑娘不知为甚哼着？”进去看时，袭人数说昨夜之事，与梦中所见无二，并道：“昨日明明穿着小衣睡的，今日不知那里去了？”麝月取出还他，并看他十分狼狈，安慰了他一回，便去告诉宝钗。宝钗叫不要声张，那知一传二，二传三，瞒得那个？郡主听了，恻然想调开他。倒是袭人对麝月道：“我捱这顿打，是我自不好。此刻出来当别的差使，实在没脸，倒不如躲在祠里少见些人。”郡主就吩咐麝月帮着照应，不再问了。出门谢寿，至晚方回。

次早到李纨处谢，说及昨在柳府，又问起兰哥儿吉期。李纨道：“我想七夕这日，既是巧姐好日，一嫁一娶到也有趣，省得大热天只顾劳动亲友们。”郡主道：“很是。至应用若干统交给我，我前番过去的时候，若不是嫂子你来照应，贾府还有一个正经人到吗？兰哥儿的事我自该效个小劳儿。”李纨不胜欢谢，就同到秋爽斋探春处来。

恰好湘云等都在那里，只听湘云道：“这事太太本过分些，今日才后悔呢？”郡主问：“何事？”玉钏道：“太太因袭人姊姊的事，心上有些忐忑，今日特亲来祠里拈香许愿，叫请奶奶们就在这里等。”李纨道：“省了一轿，很好。”正说着，王夫人已同宝钗来了，大家接着。郡主道：“晴姐姐究竟是房里人，太太亲去拜他，如何敢当？”王夫人道：“他如今仙人了，我因袭人的事，也要去赞祝赞祝。”说着进来坐下，吃了一道茶，便大家陪着上去。只见画上神貌如生，一双秋波，别人看来含娇斜注；太太看来薄怒微颦，因想起前日带病架他去时，也自觉难过，上前拜了四拜，又默祷了一回，方才下来。坐定就说："在这里吃饭罢。"于是家人们忙放桌子，分两桌坐下，丫头们端上菜来。湘云笑道："姥姥，你再吃个老母猪不抬头罢！"姥姥道："吃，怕没得吃？倒是牵着天津信呢。"郡主道："放心，今日准有。"正说着，焙茗已回，说："二老爷说，吉期准了就是了，但只肯入赘，如嫌天津不便，就是府里便是。"

要知入赘与否，下回分解。

第十六回　呆霸王稠桑遭惨报 小学士醉竹荷殊恩

却说天津人回，接到贾琏家信，日子允了；但只肯入赘，不准迎娶。刘姥姥看了，忙道："如此，我回去告诉他们，再来商办。"去了两日，来说："周家说，入赘自当遵命，但今年大比，若到对月恰是八月初七，怕来不及回门，要改早些。"

忙差人到津，贾琏也就允了七月十二，正在写书回覆，并商议一切，门上来回："沧州柳大人到了。"贾琏一面打发人回家，一面叫："请。"出来见了，先叙些寒暄话，然后就留他便饭。湘莲道："我还要看薛老二弟兄去。"贾琏道："请他来就是。"

不多一会，报府里薛大老爷同太太、老爷到了。大家迎着，说了会别后的事，摆上席来，四人共饮，湘莲察看呆子默默不语，神气萧索，道："大哥，你家里虽遭此不幸事，但你到底要鼓起兴来，怎么不言不语？比我们在赖家园吃酒光景大不相同，如何使得？"薛蟠叹了口气，道："大约死期将至，所以如此。"湘莲道："更荒谬了。我们只将近四十的人，况且老伯母在堂，怎么说出这些话来？罚你一杯！"薛蟠接了酒，只是呆着。贾琏怄他道："只是柳兄弟的酒，比苇坑里水总好吃些，快吃罢！"薛蟠也不言语。薛蝌道："我们老大竟像呆木头一样，如何好？"湘莲道："你若嫌老二衙门拘束，何不同我去沧州逛逛再来？"薛蟠听了，忽大喜道："如此，我有归结了。必去,必去!"薛蝌道:"大哥要去,也须和太太商议。"薛蟠道:"要去便去,商议什么?柳老二你几时走?"柳湘莲道:"后早。"薛蟠道:"如此,准在我们那里吃早饭同去。"湘莲应允不提。

到了次日,告知薛母,薛母知他脾气,只好由他。薛蝌一面替他收拾行李,一面发帖请湘莲吃早饭。那早饭吃完后,薛蟠到里面见了薛母,磁个头道:"儿子去后,诸事明白。妈妈自同二弟好好过罢!"那时香菱所生儿子才得九岁,便问:"爹那里去?"薛蟠:"我沧州去。"他忽然大哭道:"爹,去不得!爹去,就瞧不见爹了。"扯住衣服,死也不放。薛蟠也垂泪道:"我顾不得你!"扯衣就走,到外面见湘莲骑马,也要骑马,薛蝌忙命捡一匹老实马听用。那知薛蟠才上去,马便一眼差将他颠了下来,亏得人多,连忙扶住。湘莲忙将自己坐马让他,自己骑了这马,并辔而去。

将到稠桑驿地方,早有标下将弁,预备公馆、酒席。薛、柳二人下马入门,恰好一蓬头孩子,手里竿上拿着黄雀在旁看热闹,见薛蟠进来,那雀便飞过来乱扑。薛蟠一个寒噤,早有兵丁们忙把这孩子推开去了。二人入内坐定,薛蟠便道:"柳老二,你可知道?我在这里闹过乱儿的!"湘莲便问:"怎样?"薛蟠道:"我打死酒保那案就在这里,墙外桑树不更大了么?"湘莲听了,心中不乐,因笑道:"你放心,如今酒保也不敢得罪你了。"说着,薛蟠忽要小解,便光着头出去,才站在墙角,忽有只苍鹞往头上一晃,"呀"的一声,往后便倒。众人连忙看时,只见顶门正中,刚被碗锋嵌入。湘莲发了急,叫快扶到屋中放下,用"铁扇散"敷上。只见薛蟠"哼"了一会,忽高声念道:"碗片,碗片,血流被面。一命一偿,冤魂立现。"说罢,把脚一蹬,眼睛一翻,就呜呼了。

湘莲顿足大哭,一面飞马报知薛蝌,一面吩咐标下道:"天下没有鹞鹰翅膀会藏碗锋之理,若不查出缘故来,我断要你们的命!"这时大家急了,彼此互挤。有一小子说:"刚才出恭,见那弄黄雀的小子也在出恭,那小子因将黄雀架插在墙上,见一鹞子像要拿雀子,便拾起块碗锋丢那鹞子,那知这鹞把翅一展就不见了。”湘莲吩咐:“把这小子拿来。”问时,只见战纠纠道:“小的姓张,年九岁。”余的话与兵丁所见相同。湘莲道:“锁起来,等本府来再说。”正闹时,那鹞子见底下有血,又飞来想吃。湘莲大怒,拈弓搭箭,看准射去,那知鹞子一展趣,又连箭飞去了。湘莲大惊,吩咐:“快与我找!”众兵丁答应着。

忽报薛大老爷来了,湘莲忙迎出去。薛蝌已哭了进来,先跪在哥哥床前磕头,哭了一回,又起来扯着湘莲手,哭了好一会,才说道:“家兄出门这种光景,本属不祥,再不晓得祸事竟在顷刻。”湘莲道:“令兄一路说的总是不祥话,到这店里,又说就是前回闹缘故的店,那知竟有此变。”

正说着,兵丁来回:“箭有了,在半里外一坟上。”薛蝌问故,湘莲把前事说知,彼此互骇。因查这坟姓甚?少顷,地保来回道:“坟是那孩子胞叔的。”又提小厮来问,哭着道:“小的叔叔是走堂的,本不是这里人,因做生意被一客人打死了。虽不偿命,得了好几百银子,就在此住下。小的是他身后生了,继过来与婶婶的,详细实不知道。”薛、柳听了伸舌头,道:“天道循环,可怕,可怕!”柳湘莲还要难为这小子,薛蝌道:“事已明白,冤家宜解不宜结,竟饶他罢!”遂将小子放了。湘莲又问:“令侄怎么不来?”薛蝌道:“家婶年高,骤闻凶耗,怕他苦坏,所以连舍侄都不告诉,只好慢慢想方罢!”

薛、柳彼此一夜不睡。到次早,棺木方从天津载来,大家动手,装殓已毕,又哭了一回,将柩水路载至津门。自与湘莲洒泪分手。进了衙门,正要设法告诉上房,已有人多嘴,报知消息,哭得撩乱。薛蝌忙进去解劝,那里解劝得开?薛母只口口声声道:“哥哥死了,也不给我个信,你到底拿我当什么人待?”薛蝌只得跪在地上,自认不是。薛母方说:“你且起来,不是我责备你,哥哥死了,我还有什么好处?不如同他死在一处倒好!”薛蝌道:“太太什么话?哥哥没了,儿子们总一样,只求太太节哀。”薛母渐渐住了哭,细问情由,知

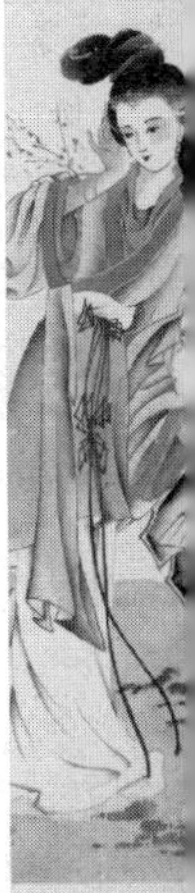

数有前定，叹息不已，因问："宝姊姊那里着人去了没有？"薛蝌道："正要去。"薛母道："可写上叫他来看看我。"忙即写信，专役去京。

到时已五月初一，宝玉因想起从前贵妃赏的麝红香串，去问宝钗要。宝钗道："丢久了，什么好东西？若不是他，你们早遂珠玉良缘；我也不弄到这个光景了。"宝玉道："姊姊，天理良心，林妹妹那一件待错了你？说起来总拉上这许多话。"宝钗道："错不错，只差做了副。"刚说间，忽一物在眼角一溜，便道："是谁？"黛玉道："得罪，又是我看呆雁失了手。"

话未了，只见雪雁慌慌张张道："天津有信在此。"宝玉道："可是为巧姐姻事的？"雪雁道："不是，是二舅老爷的。说大舅老爷不在了。"这时，宝钗已哭得泪人似的，拆开看了原由，尤觉伤心，赶忙即去上房告知。王夫人也得了信，便道："到底怎样？"宝玉把信上话诉说了一遍。宝钗哭着跪道："求太太施恩，我要去看看我妈。"太太道："这个自然。你不说，我也叫你去看看呢。"大家悲伤一会，计议已定，明早动身下船，莺儿同去。府里也因此事，过节诸事草草。

到十三，贾兰整日，便先期告了假。黎明起来，天气虽热，凉风洒然，白云如涌。须臾，又下了半犁雨，更觉疏快宜人。两府长史也到了，贾兰忙出去迎接。果茶三献，又请吃早面。

然后看盘，盘共三十六架。这里钗环首饰、珠玉绸缎、花红果酒，不必细说。有两件希罕物事：一件荣府家传一顶珠冠，共有三百粒左右，都有顶指大小；一件这副学士诰封。大家啧啧称羡。贾兰行礼后，就令周瑞、吴登新等披红押着，随冰人送到女家去了。贾兰进内，正要少歇，忽报上书房有要事来传，忙骑马进去。未牌还未出来，群相诧异。

到申牌，宝玉枢密回来，方知是考。及至贾兰回时，已及一更，因厅上宝玉陪两长史酒席，忙即上去向两长史致谢道歉。长史亦连忙道喜。宝玉道："没吃夜饭，这里吃罢。"伺候的忙添杯筷。宝玉因问考得怎样？贾兰道："今日因早晨下了阵雨，皇上高兴，做了一篇《竹醉赋》，做了两首《探荷》七律：随召内廷供奉、大小翰林三十六员在文渊阁下面试。侄儿去得迟了，赶紧做完进呈，已扎末一个。那知倒合了圣意，大加夸奖，说合场不及，就将赋里'种来君子，合红友以同招；对此贤人，恰青奴之作伴'，以及'此君潇洒，何妨曲部之加；稚风流，也合醉侯之唤'都夹圈了，批了'组织工丽'；至七律差不多圈了大半，有稿子带在这里。"因在靴掖子里取出，递与宝玉看：

菡萏将开满碧潭，寻芳偶想到溪南。
买舟笑我辛勤觅，打桨凭谁子细探？
翠盖可因风片舞，红衣疑是露珠含。
漫夸雅兴同工部，乳鸭沙凫数两三。

其二

银塘消息近如何？水榭风亭日几过。
生怕有人先荡桨，曾记前度此闻歌。
遥疑影被疏烟隔，静觉香偏对岸多。
偏倚阑干迟月上，闲听宵漏滴铜荷。

宝玉看完道："诗原去得。"贾兰道："蒙皇上赏了四件文玩：一个是松花绿玉砚，一个山高月小珠笔架，一对田黄冻图书，一个珊瑚笔洗。又问来迟缘故。据实奏知。又问是原聘，是续弦？奏是原聘。圣上道：'你怎大年纪，才做亲吗？总是你祖父国事贤劳，以致耽误了你。'因又御笔赏了一副对，道：'公而忘私，桃夭迟待；忠能兼孝，瓜瓞长绵。'但对上款是写詹事臣，什么缘故？二叔进去打听打听！"大家都道："这定是高升的兆。"宝玉因道："你进去见太太和母亲去，送客交给我罢。"两长史也起身告辞，彼此散了。

后事如何，下回分解。

第十七回　评诗画风窠三集
宜嫁娶鹊渡双圆

却说巧姐行盘，周亲家因屯里不便，就托人花了三千银子，与探春姑爷认为兄弟，一切总在他家办理，并邀他做男媒。做亲时，并要借他府上执事。周震夏因系内亲，落得允了。女媒本请薛蝌，在天津不得来，托他妹夫梅翰林代媒。到这日，周家就在探春宅里请梅翰林吃早饭。饭后摆盘行聘过来，比贾兰时只少诰命、珠冠二样，余的富厚也差不多。贾府自然天字第一号酒席待媒。此后一日闹一日。平儿因多少事要京里办的，遂与贾琏商量，先期同巧姐来家，择定二十起身。宝钗本要同来，因薛母病重，断不能来，只得托平儿转致。至平儿，廿二到荣府，一番见面仪文，不必细述。

到了廿四，黛玉设席，替平儿接风；就替荷花预做生日。

在沁芳亭上，中间邢、王二夫人和巧姐，东首湘、探、尤、李，西首琴、惜、平、黛。四儿冒暑，莺儿外出，花、柳、鹃、玉恰好上下陪着。早上，先摆碟子吃了些薄荷冰雪酒，随即每人一碗莲叶羹，随意闲散。邢、王二夫人就近在秋爽斋歇午。尤、平二人，李纨邀到稻香村商办喜事，其余各自引风消暑。

巧姐忽道："二婶娘，二叔叔呢？今日正好做诗社。"郡主笑道："你二叔如今做了禄蠹，不得闲，但我们正好傲他。"因命取六副笔砚来。惜春道："快别算我。我绮语障消磨已尽，还做甚诗？"湘云道："不做诗，坐着打磕睡。"惜春道："既笔砚现成，待我写一幅水墨写意《洗芳探荷图》，何如？"宝琴道："这图似乎比《携蝗大嚼图》雅些。既这么，我们也做《敬和御制探荷诗》罢。"黛玉道："你真是宝丫头妹妹，总不过禄蠹脾气。"正说笑着，芳官道："我们做什么呢？"探春道："依我说，你们有一事奉烦，此刻荷香虽动，荷花尚少，你们何不各驾小舟，真去探荷一番？先得花者得彩。我们借此光景，诗题也是即事，不是禄蠹了。"说得众人都笑起来。

于是四位姑娘各去打扮：一色熟罗短衫，洒花宫纱夹裤，戴着遮阳绢笠，坐在船头。那驾娘一人两桨梢着如飞，荡向四面。这里也就拂笺做诗。不一时，波声响处，紫鹃先回，是一枝并头莲。随后花芳、柳婉陆续俱来，只玉钏最迟，又一朵半开的锦边莲。做诗的巧姐先完，其余也先后交卷，只惜春画尚未成。大家看时，也已布景完密，惟水波纹的泼墨未完。湘云道："还好，此番不要告假三个月。"惜春道："要告假，我会向观音告去，你也没法。"大家就先来看诗。只见黛玉的道：

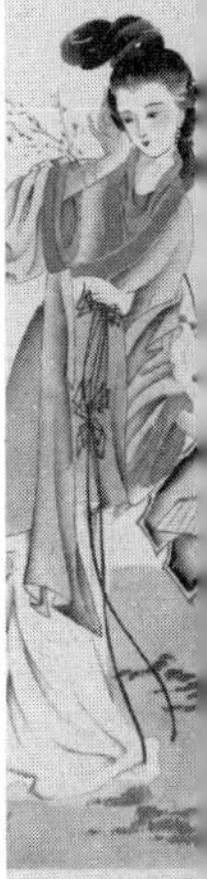

青钱几日叠清潭？料得新荷蕊已含。
屈指花应开水北，关心我故到溪南。
岸边鸥梦当重绕，郭外渔歌想欲酣。
未晓朱华曾冒否？特寻曲院漫相深。

其二

不识池边开几多？闲来荡桨探冰荷。
风光卅里香犹未，消息连番访若何。
曾记昔年逢出水，为心此日可凌波。
朱华绿冒情何限，停符蕤宾方响过。

探春的道：

万柄新荷放未谙，闲行乘兴欲来探。
不知玉并凌波未？借问红莲入画堪。
楚客褰裳临港北，吴娃度曲到江南。

他年赠别情多少，散步频看色正酣。

其二

偶来池畔柄新荷，此际方欣雨乍过。
修洁拟联名士赏，轻盈宜唤美人歌。
每思月影三更占，最忆风光六月多。
试问水仙宫子去？亭亭可已袜凌波。

湘云的道：

寄语吴娃着意探，清风初度雨初酣。
鸳鸯旧梦寻何许，翡翠新歌调乍谙。
试看鱼游莲叶北，不知艇在月溪南。
渠诚解语须怜我，池畔徘徊恐未堪。

其二

定有芙蕖透绿波，游人争欲问新荷。
初檠翠盖离愁结，乍见红衣旧感多。
花底闲寻双鹭宿，汀边惊起一鸥过。
画桡归去横塘晚，十五娃儿好唱歌。

宝琴的道：

绿意红情一鉴涵，个中消息阿侬探。
丁帘香自来花底，丙穴鱼应戏叶南。
岂似梅寻图九九？却同菊访径三三。
频临池上多幽趣，纳到新凉兴最酣。

其二

六月莲塘漾碧波，欲将花信问新荷。
一枝翠影摇风里，前度红香湿雨过。
朝暮歌声听去乍，东西鱼影戏将多。
亭亭出水原堪爱，小艇连番奈尔何。

巧姐的道：

为爱新荷着意探，一番消息问溪南。

凌波乍见红情漾，檠盖谁怜绿意酣。
香度横塘如有待，歌听越女旧曾谙。
一枝喜见亭亭影，恰幸相逢露尚含。

其二

寻花不见奈花何？小立池边怅碧荷。
戏看鱼游围小叶，醒催鸥梦浴微波。
更番信向菱塘问，几度人从柳岸过。
弹指红衣舒烂漫，田田清景异时多。

大家看了，彼此称赞。

正在你让我让，报道："宝二爷来了。"巧姐道："二叔叔，快来评诗！"宝玉细看了一遍，道："我不好说，请大太太。"不一时，李纨来了。大家道："快看诗！"李纨一首首看了，道："据我看来，潇湘妃第一，巧姐第二，湘、探都好，倒是琴丫头差些。"湘云道："心里先把'恭和'二字横着，那有好诗？"宝玉道："这必要钦定《探荷》第一，翰林的老皇封品题才作准呢。"只听惜春道："且慢，拿来请教我看过一遍。"

遂同来看画，实在苍润有法，大家称赞。黛玉因问："你六个徒弟，谁好些？"惜春道："鹃妹工夫深，柳妹心思好。即如前日，我叫他们画《万山藏远寺图》，紫鹃画的笔头很像太痴，然画出一寺角，究竟没味。柳妹的笔头虽嫩些，他但画夕阳影里一个老僧回去，不天然有寺在里头么？"大家说："好！"

宝玉忽对李纨道："明儿吃喜酒。兰哥儿升正詹，已准了。"对宝琴道："你妹夫也升了中允。"探春道："总是红章京排场！"李纨道："喜酒且慢。倒是二位太太歇中起来，在我那里同尤、平二位打牌，说过六转，已快完了，传他们摆席罢！"

宝玉说："我还没有请安呢。"忙穿衣服。只见一群人捧着太太来了，问一会做诗，看一回画。席已摆好，依旧照清晨坐定，只有宝玉设一杌子在中间，任他各席取便。邢夫人道："宝玉，你即日娶侄

儿媳妇来，就难打和在一处了。”宝玉道：“且看，横竖我们做诗，好不请他的。”黛玉道：“这就屈才！”湘云道：“我听得兰大奶奶画更好，是宫里甄娘娘传头。”黛玉忽想起，对惜春道：“你这幅像，甄娘娘从北府借去不曾发出。他又病，不好去催。”探春道：“凭他罢！”王夫人因爱这枝并头莲，吩咐击鼓传花。饮至更余方散。

到了吉期，因两处喜事，府里那些铺陈灯彩，比宝二爷那时更加华丽。一样两副执事：一副添一对詹事府大堂朱牌，一副添一对长芦盐运司朱牌。巧姑娘喜事派的管家是林之孝、来旺为首，共三十二人；兰哥儿喜事派的是赖大、吴登新为首，也是三十二人。其余值各厅及帐房，各人跟班还不在内。派定宁府瑞禧堂新姑爷正席；荣府凝禧堂四位大媒正席。邢夫人上房请兰少奶奶正席，王夫人上房请巧姐正席，省亲别墅请客戚皇封诰命，贾母上房请亲戚本家，都是戏酒。又在缀锦阁下，把十二个女清音叫来清唱，请各处姨娘、姑娘，派紫鹃等作陪。

那日早晨刘姥姥早来了，先发帖请周姑爷和梅姑爷到府，然后请他带领家人全副执事，请小周姑爷来入赘。姑爷因不便坐八轿，倒把轿子空抬着，骑马到门，有贾蓉接风尘茶筵，不必细说。

那边先请两府长史到了，然后贾兰穿了朝服，告了娶，排齐执事向柳府亲迎回来，在荣府参天合卺。又开了宗祠，请巧姐和新姑爷行礼，然后自己夫妇行礼。又请诸位尊长到正厅见礼，巧先兰后无不皆然。随即铺设酒筵，开戏定席。凝禧堂，是贾兰随了贾政陪客。瑞禧堂是宝玉陪客。真个山肴海错，馔玉炊金。又因天气犹热，吩咐盘里冰山都换新的，才得凉快。

里面郡主也各处张罗；倒是帐房里事那日略空些，姑娘们都在阁下听唱。

正要坐席，忽不见了紫鹃，五儿心细，来潇湘馆寻，他却在床上“哼哼”。五儿道：“是时候了罢？”紫鹃道：“不知怎样，眼中出火，两个腰子逼着往下坠。”五儿忙请母亲柳嫂子来坐着，自己赶紧去告诉郡主。郡主道:“真真受累,偏在这热闹时候。快去叫姥姥要紧。”刘姥姥听了,道:“且慢!我去看看。”只见紫鹃还躺着,忙说:“这还了得!柳老太,我同你快扶他起来。”那知才扶得起来,“呀”的一声,早生下来了。幸得姥姥是个会家,忙自己卸了盛服,到床里去替他收拾干净,道:“参汤吃不得了,快煮些生化汤来。”一面将孩子抱起,道:“恭喜老太太、太太、郡主,是位哥儿。”这时,郡主喜逐颜开,吩咐快传出去。不一时,厅上客人知道了,都替贾政父子道喜。

宝玉抽空到潇湘馆来了,见紫鹃靠着两个长枕坐着,便道:“多谢,多谢!”紫鹃道:“罢了,此后请你谢别家姊妹去罢!”恰好玉钏拿生化汤来,便拿手在脸上羞着。宝玉道:“你羞我,我就谢你。”便把他往旁边榻上按倒,玉钏喘呼呼将手往上推。紫鹃笑道:“罢呀。他是你谢准了。”宝玉要再说,只听得院子里说:“各位奶奶来看哥儿了。”宝玉忙溜了出去。

到了洗三这日,黛玉请王夫人等到潇湘馆来。中间设着两条红漆春凳,上面摆着一个五彩描金的洗儿盆,盆里红漆架上放着筛子,里面铺着小锦褥子,旁边放着红绸红布手巾,这边杌子上放着锦绣衣服抱裙。遂吩咐茶房里,将煎好长寿汤取来,倾在盆里。不一会,将哥儿抱了出来,只见鼻直口方,高眉广额。太太、奶奶们无不交口称赞。郡主自家拜过送子娘娘,命给哥儿洗三。王夫人将手里两个金钱撩下盆去,说道:“愿你福寿双全!”于是太太、奶奶们都一齐添寿,不拘金银、珠玉,往盆里乱丢,闹了个不计其数。黛玉忙命将喜蛋拿来分送,场上已送了几百个,又开单发出去。北府里为始一千个,其余几百几十不等,共用了一万多蛋。接着柳府望盘,巧姐回门,宝玉又奉旨出差,十分热闹。

笔难尽述。只好下回分解。

第十八回　被肤诉侍妾含冤
剖心事太君悔过

却说宝玉送巧姐回门后，也就往密云出差。那知去后，帐房里就闹出大原故来。原来吉期前一日，周姑爷因至亲，一早来府，早饭后贾政在书房歇中，他就同宝玉、贾蓉外间说闲话，说及要找避暑所在。周姑爷道："前日送人出城，倒是那铁槛寺大殿上很凉快。"贾蓉道："既如此，环三叔到了中元，总要到地里设祭的。约定了日子，我邀姑夫同去。"周姑爷道："当得奉陪。"正说间，贾政醒来听得了，便问："蓉儿，你说什么？"贾蓉忙进去回道："说的是环叔到寺里祭赵姨奶奶的话。"贾政道："很胡涂！赵姨柩虽未葬，家里祭了便是，难道老太爷、老太太我这里祭了不算，还到南方坟上祭去不成？"因叫宝玉道："这项以后务必革去，不然我薄于亲，厚于妾，如何使得？"宝玉连忙答应，到帐房里时，只有芳官在内，便道："今年若来领赵姨娘秋祭银，断不可付。"芳官便问原故，恰因梅瑶瑟来，一片声找少大人。宝玉便道："你总记了，我得空再告诉你。"那知这日事闹，接着匆匆出差，就忘记再说。

贾环那里，一到十三就叫管厨来领这项。五儿在帐房便道："这两日闹个不清，过了中元来领罢。"到了十六，五儿查了旧帐，正在封银，恰好芳官进来，便问："何用？"五儿告知原故。芳官道："这项银，宝二爷叮嘱过我，不准付的。等他来我和他说。"不一会，秦显家的媳妇小蝉儿来领，芳官道：“这项，今年裁了。”去了一回，秦显家又来道：“三爷说，这是旧例，为什么裁起来？”芳官道：“你莫管！要裁就裁，有甚新例旧例？”秦家去说了，环儿大怒，要自来寻闹，适夏妈在旁，便道：“芳官太狂得没影儿了。三爷息怒，我去说与他。”便赶来道：“干姑娘，我告诉你，赵奶奶秋祭银是常例，也见三爷一片孝心，你怎么混出主意裁起来？快秤与他。”芳官本恶数他，便道：“什么干姑娘、干小姐，我在帐房办事，发不发自有斟酌，与你什么相干？说三爷孝心，他有钱，就浑猪浑羊去祭也听他。要帐房发银断不能。自有混出主意的人，你管不着。”那夏妈气得青筋直暴，去告诉环哥，幸环哥不在，便告诉彩云。彩云道：“不必，你且将我手上金镯当了，交秦家办了，给三爷寺里去。你将余钱及当票当太太面交给我。”夏妈理会。

过了一日，夏妈依计而行。太太便问原故，彩云就一五一十说出，并添些话。王夫人很不舒服，道：“了不得！”彩云道：“事已过去，太太可不必问。若说花芳、柳婉的可恶，连太太还不在眼里，何妨我们？”夏妈道：“这话却真！”小蝉儿在旁说：“即如前日要鲟鱼，帐房里硬回没有，其实内库尚有几十条，前儿替莺儿饯行时，烧了好几碗，不是么？”秦家道：“一朝天子，一朝臣。有什么方法呢？”一番话把王夫人气得脸色铁青，停了半晌，道：“彩云，你当多少钱？我这里拿去赎了。你们出去，我自有道理。”大家散了。王夫人就叫传话出去，说太太身上不舒服，请晚安一概不见；宝二爷房里人此后不必上来。

黛玉等听了都骇然，就聚在李纨处商量。黛玉道：“我们的人断打听不出，得二位嫂子设法才好。”平儿道：“小红倒还去得，叫他去打听。”过了一会，来说：“那里人都不肯说。问傻大姐，他说：‘刚才彩云姐同夏妈，大家说了半日，太太才生起气来，似乎帐房里的事，却听不清。’”黛玉道：“这又奇了？”忙到潇湘馆细问，花芳道：“没有别事，只赵姨娘中元享祀银八两不曾发去，但这是宝二爷再三吩咐叫不发的；寻我们事，也真算扯淡。”黛玉道：“既如此，就将此项送了过去。太太如此发气，就宝二爷也不敢说什么？”五儿忙将前封好的捡出来，叫青琴送去，回来黛玉问：“有甚说？”青琴道：“奴才说，郡主说连日有事不曾查得，今特将姨太太祭银送来。环三爷道：‘撩下就是。你去问那小戏子，还敢混出主意么？’”说未了，芳官把牙一咬，早气得晕过去了。众忙搀住，掐人中才得出声来。

只见柳嫂子来回道：“方才太太来说，园里总管已另派夏妈；就内库食物也派秦嫂子兼管；并叫我搬出去，无事不许进来。”五儿想，芳官如此，已经兔死狐悲，况又给他娘没脸。他本有吐红的症，喉间一阵甜腥气，就一口口冒上来了。郡主着急，道：“五妹妹，你急什么？有我哩！”忙令柳家扶五儿也去躺下；一面就将帐房核对清楚；一面就吩咐柳家的道：“你去将公帐食物交出，我们私帐上的仍留你管。”去了半日，来说：“秦家的说：‘鲟鱼是公帐存的。’况三爷今夜要用，定要取去，只得全个儿给他了。”郡主道：“也使得。”就拿笔添上两笔。

到次日，打听贾政朝回，便拿了帐簿对牌去见，道：“老爷、太太在这里，去年平嫂子受屈的时候，这帐房媳妇不管，下不台来，只得收过来。原说半年交付，因七月中有这两桩喜事，多占了一个月；如今事已办完，可以交卸。求老爷、太太另委人罢。”王夫人一言不发。贾政道：“郡主，你又来叫我二老为难了。帐房你不管，谁管？是了，两桩喜事赔得狠了，故尔不肯管了。”黛玉道：“并不为此！巧姑娘事，琏二哥寄来的尽够浇裹。兰哥婚费，原说总算我的，所以都另有帐，不是公帐内的。若说公帐，现在有盈无缺。实因媳妇自己断不能管，现在花芳、柳婉又都病了。”王夫人道：“阿弥陀佛，紫鹃坐月，莺儿跟宝丫头去了，玉钏又不识字；只剩四儿一人，如何能办呢？”

贾政听了也为难，便搭讪道：“我们这盘帐，琏儿媳妇说过，一月总要三千金，无如一年利息仅及二草，入不敷出，所以总要亏缺，怎么倒有盈余？我倒要看看了。”翻开末页，先看郡主写的两行道：补发赵姨娘中元祭银八两。便道：“这项是我再三吩咐宝玉裁的，怎么又给他？”郡主心下明白，却不好说别的，便道：“这项芳官不发，环兄弟生气才送去的。”

贾政愈加生气，一片声叫环哥儿，出来就喝道：“删你娘秋祭银是我主意。你抗违父命，还敢生气，不反了天么？”就喝令跪下。

又看鲟鱼一条，道：“非时非节，买这三十条何用？”郡主道：“那物北方不能常有，前太太想时偏没有了。隔了两日，有客人带来，全买下了。本是用多少归多少帐，因秦家的说：‘太太要请客，一定全要’，才开上的。”这时王夫人也会悟过来，道：“不好了，我上了他们当了。不特祭银不发，与芳官全不相干。就是鲟鱼，你们是为我才买的，怎么秦家说：‘库里很多，是柳家的偏不肯，前日柳姑娘还吃了两大碗呢！’”平儿听了，道：“真正冤枉死人。那日从南客买来，柳妹妹欢喜得了不得，说：‘前太太要时偏完了，快烧起来送去。’余下的才同吃的。”王夫人道：“我何曾见？”贾政道：“我还吃了些儿，余的留下与你。查起来。”傻大姐道：“有的。老爷吃后，彩姑娘道：‘三爷喜吃’，拿了去的。”王夫人就喝令彩云也跪下。

忽报“宝二爷来了”。只见宝玉忙先请安，遂说道：“这事儿子少说了句，遂闹出事来，老爷不用生气。鲟鱼也是次日儿子少照应。如今事已过去，太太歇了罢。”太太道：“好端端，他们造言生事来淘气。没有什么，郡主不接帐房，你两个不许起来。”宝玉道：“总在儿子身上，且放环兄弟起来罢！”贾政道：“如此，便宜这畜生！”一脚踢起，自己同宝玉外面问出差事去了。

郡主道：“太太，也饶了彩云。事既明白，帐房且支下去，但受屈的人，还求太太许他上来才好。”王夫人道：“这个自然，我还要自去安慰他，倒是那几个妖精，可恶已极！”吩咐：“捆起来，候郡主发落。”遂起来喝令彩云跟了，同到园里去。

大家只得跟着,先到潇湘馆看了看小孙子,就来到怡红院。先在芳官房里坐下,道:“你受了委屈了,我特教彩云来赔你不是。”彩云要拜下去,芳官忙扯住了。又到西边柳五儿处,也是一样,就叫柳嫂子安慰一番,令他总管府里一切,才回上房。

后事如何,下回分解。

第十九回　怡红院洗儿开宴
栊翠庵梦姊贻诗

却说花、柳二人不过怒气伤肝，本无甚病，今见太太亲来抚恤他，又教彩云赔不是，有了脸，也渐渐好了。郡主因环儿面上，只将秦家媳妇小蝉儿掌嘴四十，发浆洗处当差；其余何、夏二妈及秦家俱革退钱米，不复深究。

过了一日，宝玉朝回说："薛蝌升了常镇道就要赴任，须打发人去接回宝姊姊。"郡主道："且慢，薛姨妈现在有病，这十八站旱路如何去得？况他只母女二人，分开了，定心挂两头，彼此不宁。我的意思索性一齐接来，我们这里供养才是。你可去回回太太。"宝玉听了，即忙上去回。太太喜欢得了不得，问："谁的主意？"宝玉回道："媳妇的主意。"贾政连连点头，叹道："太太莫怪我说，这样媳妇，又细心又大方，你凭他办就很享福了。何苦又拈三挑四的呢？"太太也笑道："总我忠厚人，容易上当罢了。"宝玉回来，一一告知。郡主也乐，就派李贵、雪雁夫妇去接。一面写信，一面通知平儿可要带信。平儿道："很好，我因衙门中，节下无人，看了你们满月就回去的。既如此，可就叫我那里备轿马来用，不更两便。"郡主道："也是。"

不一日，报"姨太太到了"，大家出接。只见病容憔悴，白发如银，倒像王夫人的姊姊。一见面先哭诉了一回不得意的事，然后大家行礼归坐，不必细说。

次日就是小哥儿满月，宝琴、湘云、探春等，一来请薛姨妈的安，二来看满月，花明绣软，簇满一堂。黛玉先命将小哥儿抱出来，在潇湘馆剃了头，拜佛后，就令奶妈抱了跪在地下，请太太命名。太太道："他姊姊七夕生的叫巧姐，如今他又同日，可叫双巧儿罢。"随命抱了向姨太太及各位姑奶奶、姑娘前见礼，又抱出去老大人、少大人前见礼。黛玉亲邀大家到缀锦阁去吃寿面，通共六桌，都是一色五采成窑碟子，碟内无非佳肴珍果。坐下吃酒，又上了十二个热吃。那碟内有一种文官果，湘云道："这名字很雅！咱们停会好做诗题。"黛玉道："使得。"

席散后，三位老太太自到上房说闲话；平儿也因要动身，去与巧姐说话；六位姑娘也各去办事；就剩了湘、探、钗、琴及郡主五人，随同到秋爽斋，见已预备下一只碧玉砚斗，五副纸笔。宝钗道："天气暑热，况晚上还有正事，随意作首五律罢。"探春道："可不是。"

不及一个时辰，已都完了。只见黛玉的道：

佳果者番探，文官名旧谙。
艺林拼食淡，谏果漫回甘。
形肖如青柿，香清胜绿柑。
秋风仁熟未，沆瀣此中涵。

湘云的道：

文官名独擅，佳果见来希
实并状元荔，花迟学士薇。
皮皴冰作骨，核里绿为衣。
垂处累累重，怀中橘共几？

探春的道：

果擅文官号，休栽百姓家！
作花曾忆奈，沁齿不妨沙。
红核夫人李，黄瓤御史瓜。

的应输俊味，帖记右军夸。

宝钗的道：

文官清供好，著手气含芳。

果赐同朱实，花开忆紫房。

削皮还去膜，琼破欲流浆。

江北传名种，尝鲜念客乡。

宝琴的道：

新果谁相尚？文官号独闻。

杏曾称学士，荔亦记将军。

骨似冰同洁，香知味不群。

一时夸绝品，入手有清芬。

大家正共同评论，宝玉忽然进来，见了道："好，你们瞒着我开社，还不送来我看。"因接来看道："都不好，看我的。"

随即要纸写了出来，道：

近世谁来尚，何因擅此名？

小心冰骨细，虚体绿袍轻。

味以经尝淡，香从入手清。

时珍夸众口，殽核大纵横。

湘云等看了，都道："毕竟宝二爷做得又快，气体又高。怪不得算翰林魁首了。"只有黛玉抿着嘴笑道："宝玉，你该罚什么？越大越成人，竟会抄袭了。这首诗，那个不知是梅村吴祭酒的，谁不读呢？"宝玉也笑道："我写来试试你们的，偏又瞒不过你，待我另做一首，请教。"正要动笔，外边传进来："大人请少大人出去。"

及至回时，太太们都已来了，商量坐席。宝玉道："凸碧堂开了几株早桂，新月如钩，香飘金粟，就在那里坐席罢。"大家说："好。"中间两席：左首姨太太，就拉着惜春作陪；右首邢、王二太太，因宝钗久不见了，拉他陪坐说话。其余四席：东首正面是湘云、探春、李纨、巧姐，上面是兰、蓉两少奶奶，下面花、柳二人，西首正面是宝琴、喜鸾、平儿、郡主，上面是紫鹃、玉钏，下面是莺儿、佳蕙。

酒过数巡，郡主道："席间酒总不销，看来要姨妈发个令呢。"薛母道："我老得令都忘怀了。郡主要高兴些，只好请史姑娘代。"湘云素性爽快，又见席间雅俗不一，说："姨妈吩咐，竟是挨顺猜枚，输家'饼字流觞'罢！"就吃了令杯，与探春猜起。谁知自己输了，干了门面，说一句坡诗，道："甚欲去为汤饼客。"探春道："本地风光。"就与李纨猜，又输了，就说了句"名士如画饼"。以下挨次猜来，互有胜负，也说了七八个"饼"字，如饼桃、饼金、银泥饼、太饼、硬肉饼，可映字等类。薛姨妈坐不住，先去睡了。大家各有事情，不复终令，随意又豁了一阵拳，吃饭，各散。

那夜宝玉就在紫鹃房里住了。次早起来，才吃点心，贾兰已来约同进朝去，因道："二叔今日又有些像我们同进场光景。"宝玉想起旧时，也笑道："是时候了，该走了。"贾兰道："走便走，莫叫侄儿赶不上。"同笑着上车而去。到午门时，百官济济，都在朝房。不一会，内大人出来宣旨，道："正考官文之雄、副考官贾宝玉。"却忙同了文尚书，率领同考老先生们谢恩，就驾车往贡院去。贾兰回来，吩咐贴顺天大主考斜角封条、贴回避。又送了平儿到天津去，方同着乃眷辞了家中，双双向柳府回门去了。随后湘云、巧姐要帮姑爷收拾考具，也就辞了回家。宝琴、探春也因节下有事，陆续回家。荣府着实清了一清。

到了中秋，因宝玉不在家，没甚意兴，虽一样摆团圆家宴，不过应景，坐一会就散了。郡主归房后，重又洗手烧月香，又替宝玉到芙蓉仙祠上供。在阁上坐了一会，见月色甚好，就命小太监推了坐辇来坐上，带了青琴、素书到各处去逛。先到宝钗处，只见姨妈已睡，宝钗在那里和小侄儿讲书，就不进去。

往怡红院来，听得笑声热闹，悄悄进去，只见紫鹃、玉钏和花芳、柳婉在那里打吊。柳婉摊了一副麒麟种，芳卿笑道："怎么？鹃姊姊才有了麒麟种，你又有了麒麟种呢？"柳婉道："芳师父，你收了贫嘴。自赶你大参禅、小参禅、散花天女、天女散花去罢。”玉钏也笑道:“慢说那参禅、散花怎样?此刻这牌只怕总要输一个月月钱呢。”芳官道:“玉儿休闹!你仗着姊姊吃了双分儿使得,如今出个双分儿只怕又急。”原来玉钏是夹家,听了这话,道:“阿呀!”抬起头来刚见了郡主,忙站起来道:“奴才们放肆。”花、柳二人也急得忙站起来。郡主笑道:“不用,我替芳妹打一副,如何?”芳官连忙让位,依旧拍分起来。郡主夹家手里是空文、枝花、二铜、千僧、百子、九十、八十、二十八张,就斗了空文,三家把六、五、四,三张十子灭了。又斗了二铜,依旧转来。郡主关真斗了九十、八十,总没人打。又斗枝花、千僧,仍然不捉。就把二十拖上,百子开冲,红万冲出,连着七十、三十,一铜、九、八、七铜四张,算起来冲先有一百以外,其余色样无数。喜得芳官道:“这是郡主洪福,才有那牌,奴才们再不敢想。”郡主道:“如今柳妹妹说,大参禅、天女散花,可都有了。”

随即起身,到栊翠庵。月色泠然,那些老婆子也有睡的,也有玩的,只有惜春一人在蒲团打坐。郡主不去惊动,看砚台下压一诗笺。看时,上写道:

早嫁卿输我,长年我让卿。
提鞋如入画,一月两般明。

后写:元妃姊梦中见赠作。郡主拿来袖了,才走进去。惜春开眼看时,道:“林姊姊,怎么暗上?”忙即让坐唤茶。郡主道:“且慢,那一年,妙师父这里吃的梅花雪水,还有么?”惜春道:“说也可怜。据老婆子说,那一鬼脸坛水,妙师父也不舍得吃,你们吃后才吃得一两遭,就不吃了,却还剩些。我不肯轻易动他,你来很好,我叫他煎一瓯来同享,何如?”随叫出入画来烧茶。郡主问道:“四妹妹,你连日好睡么?”惜春道:“说也奇,连日被元春娘娘絮个不休,昨晚并赠我一首诗,前后语句多吉祥,中间‘提鞋’二字解不上来,你可晓得出处么?”郡主道:“晓得晓得,这却不白教的。”正说间,入画送茶来品茶,接着又紫鹃等寻来,随各散去。郡主回来,深为诧异。

到了次日,中宫忽传懿旨,道:“着荣国郡主带同伊小姑仲春入内朝见。”郡主赶忙端整,同了进去。见了宫中圣人,三呼方毕,中宫忽问道:“妹妹,你见过甄妃么?”话尚未完,报道驾到,中宫忙率同接驾。圣人传令“平身”,将惜春仔细看了一会,笑对中宫道:“果然一般无二。”就解下一块双龙玉佩来,递与惜春,羞得惜春脸晕通红,接又不是,不接又不是,亏得郡主接来,系在他襟上,推他跪下,道:“臣妾贾仲春谢恩!”圣人仍一笑去了。中宫吩咐赐宴,宴罢回来,家中都知道又出了一位贵妃,十分欢喜。

后事如何,下回分解。

第二十回　贾仲妃凤藻承恩
史湘云虎闱盼捷

话说惜春入宫一事，原因当今有一位甄妃能诗善画，也是北府太妃干女。春间向太妃拜寿，见惜春所画侍立观音小像，宛然自己，遂向太妃借去临摹。那知摹未及半，遽尔仙逝，此画遂遗在宫中。一日，当今临奠，检点遗物，见了此幅。初疑甄妃自画，看款时又姓贾，细问宫女，始悉原委。及朝见时，果然相像，又是贾妃之妹，圣心甚悦，遂命初三日册命入宫。

到了这日辰牌，先是北静王同礼部堂官一员，捧了金印玉册来到贾府。贾政忙接入正厅，内相请新贵人受册。惜春团龙袄、彩凤裙，俯伏听旨。礼部堂官宣了玉册，内相就请更衣，穿了宫中颁下来的命服，忙谢了恩。然后贵妃升座受贺。先是贾政夫妇上去，昭容道："免。"随后郡主妯娌上去，贵妃立受两礼。紫鹃等上去，贵妃便坐着受礼。以后合家大孝男妇都上去磕头毕，内相禀："请行辞庙礼。"仲妃坐了步辇到祠，祠中已灯彩辉煌，香烟缭绕，中间摆一姜黄描金凤垫子。贵妃要上去行礼，贾政忙跪着止住。仲妃拜了四拜出来，内相禀："行谢亲礼。"贾政、王夫人又亲自扶住。钦天监报："吉时已届，请登銮舆。"只见开直府门，龙旗凤妻、玉节金挝，一对对往内分立墀下。又十二名女乐，笙箫细管奏《关雎》之章。又八名宫女捧着雉尾扇鹊、头垆凤胫、灯龙须节，中间一内监掌着一柄九曲三檐深黄伞，后面十六名内监，抬一乘金凤彩舆，当厅放下。内监、宫女一齐跪请启鸾，仲妃只得款步下来，王夫人等忙至舆前跪送，仲妃双手将王夫人扶起，带着悲声道："太太，你女儿去了。"又回头对郡主道："林姊姊，二哥出闱来说声。"遂上轿而行，到了大门，见贾政等都在跪送，忙停舆扶起，道："老爷已上了年纪，爱惜精神为主。你女儿不知几时再见？"说着含泪而去。王夫人见銮舆已远，不禁大恸，大家劝住。到了三朝，邢夫人告病假，王夫人率领郡主、李纨、尤氏三人到宫门请安。仲妃当即召见，赏了午宴才回。大家见圣恩隆重，方才放心。

过了一月是放榜日期，因湘云、喜鸾、巧姐等都送仲妃来家，这晚就设席替他们等榜。饮到二鼓，刚才酒散，只听外面传进来道："小周姑爷中了十一名举人。"大家都替他道喜。李纨道："巧姐坐家命倒好，才过去便得彩。报到天津，平丫头不知怎样快活呢？"停一会，又报寿姑爷中了，大家又一番道喜。喜鸾便向该班的道："嫂子们替我问问，有车雇一乘。我家里没人，要回去才好。"周瑞家道："姑奶奶，此刻已转三更，只怕没有了。"正说间，外面又来禀道："琴姑奶奶家梅二爷中了，现在打发车来接。"宝琴听了，向喜鸾道："菜厂胡同离珠市口不远，你趁我车回去罢。"二人忙忙收拾上车。大家要送不送，十分热闹。

湘云双眦欲泪，如若不闻。又停了好一回，报道："兰少奶奶，柳舅爷中了卷榜。"湘云听了，"呀"的一声，歪在椅上，呜呜咽咽起来。黛玉道："功名迟早有定。云儿你素来大方，怎么不达起来？"湘云道："姊姊，你有所不知，你妹夫家里本还有碗饭吃，这几年弄得山穷水尽。我们小时见了邢丫头的当票，还不识得，如今这劳什子竟可烧熟饭了。不瞒你说，这时候不知寒衣在那里抵押，日子如何过得？"黛玉道："这还容易，你千万莫伤心。"正劝着，忽报焙茗先出闱来了。焙茗一见，忙打千道喜，道："史姑奶奶大喜！姑老爷已中了解元。"湘云不信，道："卷榜都报了，还有什么解元？"焙茗道：

“原来姑奶奶不知，填榜第六名填起，五魁末了才填，所以解元倒报得迟。”湘云方才欢喜，向郡主作辞要去。黛玉道：“且慢。”一面命套了自己后档车，一面命紫鹃取二百银子来，道：“妹妹，你带去且用，不够再来取。”湘云十分感激，坐车去了。

到了次日清晨，都等宝玉回来，总不见来。门上来说：“解元甄姑老爷来求见郡主。”郡主道：“这又奇了。”随命请进。甄潇雨见了郡主，忙磕下头去，郡主也忙叫人扶起，他那里肯？恭恭敬敬拜了四拜，方起来打拱道：“请师母安！”郡主道：“妹夫，我们至亲，快不要这样称呼，坐下说话。”解元道：“本该等老师回来，同众门生来叩见。因昨门生媳妇来家，蒙师母十分悯恤，故特先来叩谢。”郡主道：“些些小事，何必挂齿，妹夫你够了么？”解元忙答应：“够了。”坐了一回，待茶退出。郡主进内，恰撞着探春，道：“好，好，做了师母来了，但京师里出闱有口号道：‘门生头到地，师母脚朝天’，你如今已受了门生的头，今夜尊足朝天不朝天呢？”郡主不等说完，道：“探丫头，这贫嘴还了得！”赶去撕他，探春连忙求饶。

忽报“宝二爷已回”，大家都到上房。只见宝玉进来，先请姨妈安，又请老爷、太太安，方才大家彼此问好。贾政问道：“怎么此刻才回？”宝玉道：“今晨覆旨，圣上知文尚书病了，闱中卷子都是儿子一人看的，大加夸奖。又令进宫去朝见娘娘，在宫里赏了午宴，所以迟了。”贾政道：“外臣入宫侍宴，从来少的，这是格外天恩。娘娘可有什么说话？”宝玉道：“娘娘别无说话，只记念栊翠庵是凤潜旧地，不要糟蹋了，须得一上人住着才好。”王夫人道：“这倒难，叫谁去呢？”薛姨妈道：“我本在宝丫头那里，如今姑老爷来了，到底不便。我又多病，正思一清静所块住着养养，况我又吃斋，早要和你们说去庵里住，因不知娘娘凤意若何？未敢冒昧。今有懿旨，好极了。”郡主道：“这断使不得。没有请姨妈来住庵的理。”姨妈道：“这又何妨？各人情愿，况且庵里一切供给仍是你们的，有甚分别？郡主必不肯，我就搬出府去便了。”宝钗道：“我妈早商量过，恭敬不如从命罢!”遂择了日子,搬进去了。

却说小周姑爷喜信报到天津,贾琏夫妇大喜,就叫来兴送三百贺仪来姑爷用。那周亲家有的是钱,就替姑爷说道:“你媳妇命好,一来你就中了。又在叔岳门下,已万分可喜。难道中了举,还要你丈人花钱?你这银子拿去交给媳妇,随他做什么罢。”周姑爷就交与巧姐,巧姐想:“自己娘没早了,几乎给人作妾,幸亏逃到屯里,对了这枝亲。人家又富厚;女婿又少年发科,也算侥幸了。但娘面上没有尽点孝心,今年是十周年,回明翁姑,到城里保真观拜三天罗大醮,报答报答。”随即上车到荣府,说明此事,叫张道士来发银与他,托他起醮。

姑爷、巧姐天天去拈香拜神,贾府爷们也轮班去行礼。到第三天圆满,王夫人自己要去祭奠,巧姐再三辞了。于是郡主、尤氏、李纨、宝钗四乘大轿,姑娘们里柳婉、玉钏也要同去,就带了一群仆妇、丫头,车水马龙。不一会,到了观里二门后,先下轿,青琴、素书赶忙下车扶了郡主,这里尤、李、薛亦一同进内。郡主道:“宝姊姊,你记得这里正是凤嫂子打小道士的所在了?”宝钗道:“差不多。”说着,已到大殿,拜了三清,转至后面,在位前行礼,巧姐在旁回拜后,随到各处随喜。恰好张道士进来请各位太太安,大家也都问:“老神仙好!”见了李纨,便道:“大太太,难得出来逛逛。”李纨道:“我本不大出来,因琏二太太至好妯娌,故才来的。”尤氏道:“老神仙,这位太太向来因哥儿小,守礼不大出门;如今是老皇封了,不该走走么?”张道士呵呵大笑道:“岁月如流。那年贵妃做醮,我用盘送姑娘寄名符,二奶奶说我要布施;转瞬间姐儿已出阁,又是举人奶奶了。”巧姐听着眼圈一红。忽报“史姑奶奶同薛姑奶奶来了。”张道士忙退了出去。

只见湘云进来道:“怎么着?二嫂子做十周,也不通知我,倒是他们两个同年说起才知道。”郡主道:“本要通知,怕你又要闹金麒麟故事。”湘云道:“你看,可像做师母的话?”郡主道:“谁叫你叫师母？如今你与巧姐同年妯娌，倒是二嫂子，真年伯母了。快行礼罢！”史、薛拜毕，吃了茶点，又各处随喜一回。

天已不早，大家回府。巧姐到家先在上房请晚安，说了回话，回至房中安宿。将至三更，似梦非梦，忽见走进一个庙里塑的扠鸡婆样子，大脚，叉裤一条，铁索牵着一个人：玉容憔悴，云鬓蓬松，半旧衣裳，模糊血迹。向他哭道：“我的儿！”巧姐定睛一看，竟是凤姐，就拉手大恸起来。凤姐道：“你不要哭，难为你孝心，但我因生前罪孽甚重，非俗僧俗道超度得来。你若有心，须至诚求芙蓉仙妃才有益哩！有人押着，不能久留，切记，切记！”随撒手去了。巧姐醒来，哭到天明，随即沐浴斋戒，把原委做了篇疏文，忍痛刺臂血写了，到阁上求蓉仙超救。才焚了疏，忽见炉中一红柬道：

凤兮凤兮，宛如清扬。食而无礼，必有余殃！

有女仳离，言归于周。血去惕出，厥德允修。

十月之交，赦过宥罪。薄言观之，孝思不匮。

忙叩头谢了。那日已是廿九，悄悄将铺盖搬在阁下，好听信儿。

究竟凤姐得度与否，下回分解。

第二十一回　孝女代忏释重愆
仙妃行权判庶狱

却说那日巧姐在缀锦阁旁屋等信，又不敢点灯，坐了一回，觉得衰柳萧萧，残蛩唧唧，繁星照地，鬼气逼人，不觉神思困倦。正要就枕，忽听云板三声，急从窗隙看时，灯烛辉煌，蓉仙已端坐在上。阶下仪仗十分整肃：先是宅神、园林神、日夜游神等禀参，随后听得报"速报司判官进"。只见一个尖翅合皂罗袍的上去，打了一拱。蓉仙问道："本园熙凤还有几案？"那神人道："还有五大案未结，卷宗、人证俱已带齐，听候仙妃发落。"蓉仙吩咐分案送呈。

随即送上第一案，是违旨拆婚事，却无原告。准月老司开珠玉二人，系奉王旨完聚，重兴荣府。该氏诡设奇谋，以假易真，从中拆散，致令女夭男亡；荣府中落，实堪痛恨！请加倍治罪云云。蓉仙笑道："这是凤姐儿本太胡闹，但今珠玉久经完聚，荣府亦已重兴；事在赦前，无容深究，该司即据情移覆月老司可也。"判官道："领法旨。"

又送一案，是重利盘剥，恃势玩命事。三十余人一张公呈。蓉仙看了，先传凤姐。只见凤姐锁着铁链上来要跪，蓉仙忙即止住，赏一垫子，朝上坐了。一会吩咐："将原告中懂事女人叫几个来。"不一会，来了四个，都跪着求仙妃伸冤。蓉仙道："你们这事重利则有之，怎么说得上玩命呢？"那些鬼道："仙妃有所不知，他放的债，总要按期本利清还；过了期，他那大管家来二爷，不论小儿、小女就要准折，有钱再加利去赎；没得时就被他压良为贱，糟蹋死的不少。至那年轻妇女，还有倚势逼奸的事。现在后面跪的李氏，不就因此气愤而亡的吗？”

蓉仙听了，问凤姐道：“那旺儿如此胡为，你知道吗？”凤姐忙站起来道：“熙凤实不知道；若知道时，断不敢叫他这样。不要说今日冥法难逃；就那时，老爷知道还了得吗？”蓉仙点头道：“这话也是。”就对众鬼道：“熙凤罪孽总在重利盘剥；若说准折的事，他宅里家生子女很多，那里还要？至逼奸一节，天下没有家奴干这种事告诉主母的，自然更不晓得，这都是来旺无法无天干的。本宫一面知会冥司，即将来旺勾到，发入地狱受罪，以泄你们之忿。一面罚凤姐将利银三万两，准作锡锞，你们公分取用，何如？”那些鬼道：“他这样敲脂吸髓，仅还了我们自己银两，情实不甘！”蓉仙道：“既如此，再加一倍，你们肯了，三日后到本宫来领。”一面具结销案，众鬼都欢喜叩头而去。

判官又送一宗，是男淫女妒，冤死莫伸事。原告是鲍二家的。蓉仙看了大怒道：“这事原委本宫深悉其详，淫奴逞刁陷主，还当了得？与我抓上来！”两旁答应一声，就将鲍二家抓来，向丹墀一撩。蓉仙骂道：“该死奴才！人家出花，你也全没忌讳。先与他那二爷有事，已属可恨。趁他寿日，青天白日在房中干那没人样的事，廉耻没有。还要骂他阎王老婆，咒他死。他自然生气，打你几下也不为过。到了次日，你自己无颜吊死了，与他什么相干？死后还要谎告，扯下去打三十大板再说。”两边答应一声，吓得鲍二家连忙碰头道：“实在奴才该死！求仙妃饶了这次，下次再不敢谎告了。”停了好一会，蓉仙方命取服罪甘结上来，鬼役将他扔锁下去了。

判官又送上一宗，是贪赃毁节，连毙二命事。原告张金哥。蓉仙命：“请。”金哥上来要跪，因他系贞女，忙命扶祝金哥把前事供了一遍。蓉仙便问凤姐。凤姐道：“说情是有的，但据净虚只说崔少爷不成人,所以张家父母要退婚。我恐嫁过去白糟蹋了小姐,才允他的。余事实不知道。”蓉仙笑道:“如此说张小姐还该感激你呢?”便问:“小姐意思怎样?”金哥道:“杀人偿命,仙妃大裁!”蓉仙道:“凤姐这事实有不合,但偿命派不到他。本宫看来,第一是李舍人明知小姐有夫之女,行贿谋娶,实为罪魁。第二,小姐如此节烈,尊公尊堂,岂有不知?如何倒挟同外人,连信不给个?第三,那净虚秃驴身系方外,擅敢从中簸弄,酿成巨案,尤为可恨!至熙凤,他于小姐殉节的事未必知道,小姐不信,我提净虚来刑讯他就是。”吩咐带上来。只见净虚脚镣手铐,铁锁锒铛,俯伏地下。蓉仙骂道:“老东西,你干得好事,与我拶起来!”两旁答应着。因他无头发,忙将麻布手巾,捆住了头揪起来,然后将十指拶上。净虚叫喊连天,哭求饶命。蓉仙说:“你将小姐要死节的事,王熙凤知道不知道?从实供来!”净虚实不知道,挨了一会,蓉仙故意说:“这老东西很炼刑,与我松拶夹起来。”

两旁松了拶,然后将他拖翻在地。因是尼姑,本一双大白足,所以夹时当得剥去鞋袜,套上三木。净虚晕去复醒,哭着供道:“犯尼如此受刑,如凤姐知道,还不扯他下去。实因都是犯尼从中簸弄,若妄扯他人,恐怕罪上加罪,故尔不敢。”蓉仙命:“且松刑,带下去!”因向金哥道:“小姐,你听见了么?熙凤之罪总在贪赃;如今将他这三千银子罚出来,送与小姐。小姐携了此项,与崔舍人义夫节妇,人间天上,随意团圆,岂不是好?何苦为这小事沉沦地府呢?你肯时,我先令凤姐与你陪罪,那项银子本宫随后就送过来。”凤姐忙向金哥叩首不已。金哥沉吟了一会,道:“仙妃再四这般说,便宜他,饶了罢。”因是烈妇,怨愤一消,就两足腾空而去。

判官又送一宗是狡妒惨谋,冤死莫伸事。原告尤二姐。蓉仙吩咐请来,也赏了坐,说:“自家姊妹,在这里论理,再没有说凤姐是的。但事已如此,尤二姐只好看开些儿罢。”尤二姐道:“依仙妃说,我这命不白丢了么?”蓉仙道:“凤姐接你进来,原心怀不善。但他见面时，依旧光鲜。你自怨愤自尽，不要说不是谋杀、故杀，威逼杀也还不是哩。不过，凤姐妒心太重，设谋阴骘罢了。命怎么不白丢？”二姐听了道：“既是惨妒，也该治罪。”蓉仙笑道：“阴律凡妒妇，将他光身浸入醋缸，按其罪之浅深，煨上一年半载就完了。你与他姊妹一场，必要他赤身露体受些羞辱，受此痛楚，也甚无谓。况这醋味儿散开来，又害多少人，何苦呢？”尤二姐道：“仙命当遵！但我肚里怀着这块金子，儿时得受替托生呢？”蓉仙道：“这个不难！我叫巧姐儿替你塑了一尊解神，就解脱了；况你们既讲和，我送你去太虚幻境修炼些时，度你做了花月鬼仙也容易。”二姐方应允了。蓉仙便命该班且退，自邀二人上楼叙话。

巧姐听了忙赶出来寻他妈讲话，只见东方微亮，寂无一人。呜咽了一回，忙回房梳洗了，向蓉仙前碰头称谢。又将银锞如数烧讫，又添烧一万以谢这夜当值的鬼使。又立刻唤匠人塑了一尊解神在栊翠庵。又与宝玉商量要谢蓉仙。宝玉道：“我今夜替你去问。”当夜，宝玉上阁去烧起信香，告知其事。蓉仙道：“尽可不必。他既有心，我们南北一别又得二年，索性将旧日认识的奶奶、姑娘，现在这里的，噗哩噗噜一请，倒有趣。”宝玉道：“这样办，他没有不依。但怎样办法？”蓉仙道：“叫他办十桌席，搁在凹晶馆。十五是月当头的日子，晚饭后，把我们要请的奶奶、姑娘、姊妹们都请在阁下取齐，等我让去吃酒便了。至凹晶馆两廊可设布幔，上菜的端放幔外桌上，敲鼓一声，自然有人替上。请的客除你房里八位，添上湘、探、琴、纨和巧姐便了。”次早告知巧姐，巧姐大喜。

到了这日晚上，大家陆续到齐，又吃了好一会茶。忽听梯子上阁阁有声，只见蓉仙道装打扮，比前更丰姿秀丽，已到阁下，说：“有劳奶奶们，姊妹们久待了。”大家都说道：“仙妃见招，已十分侥幸。怎么倒说客话？”蓉仙道：“这是巧姑娘的东，我不过借花献佛。夜已深了，过去罢。”

到那里看时，上下六席：蓉仙请湘、琴坐上首，中席探、李，东席巧姐作陪，黛、钗西席，宝玉作陪。蓉仙道："下首三席，我不再让，请六位姊妹序齿坐罢。东首陪席，我要拉一人坐，列位可肯？"宝玉问："谁？"蓉仙道："是你袭人姐姐。"袭人听得，忙跪下道："这，奴才断不敢！"蓉仙笑道："坐罢。你早前好好修些阴骘，早在我们会中了。"自己就坐了主位。

只见他将蓉麈一拂，香云过处，各席空杯多满满热酒了。蓉仙一面让酒，一面道："史姑娘大量，须换个大杯。"湘云道："我量浅。"蓉仙道："又来作假了。难道红香圃吃酒的时候忘了？只如今没有芍药花，只好借我芙蓉花代代罢。"正说着，一只白鹦鹉衔一只五彩大杯，把门面杯换去了。因笑道："明年芍药开时，状元夫人正得意，可惜不在这里，倒不如巧姑娘热闹哩。"巧姐道："我自从那夜见我妈这般光景，若没有仙师还了得么？所以如今争强的心已雪淡的了。"蓉仙道："这是姑娘孝心所感，我有甚功？就是今日一叙，也还沾你孝思的光呢。"

宝钗因请他医薛母的病，蓉仙道："这是心境，如何能医？姨太太做人极好，就只到要紧处所，有些作假，晚景致多啾唧。幸小哥儿很好，况香菱妹妹苦了一生，只剩此子，将来必能亢宗，只怕要追上他两位姑夫呢？"宝琴道："要像宝哥哥才好，我们算什么？"李纨道："也罢了。"蓉仙道："正是。前日承兰少奶奶来阁上见礼，我那里当得起？但那种华丽气象，又是一位大贵人，也是大奶奶一生忠厚报应。"李纨道："人倒罢了。但这事没有郡主，也办不起。"蓉仙道："林姑娘实在宽洪，又精明，又肯做人。三姑奶奶，你瞧着，他还乡一趟，还要做出多少事业来，连你也有声名哩。"探春刚应着，只听幔外鼓响，蓉仙把花一拂，香云过处，那菜又端端整整摆在上面了。

要知如何罢宴，下回分解。

第二十二回　老客谈心露洋弊 中丞赴任论官常

却说蓉仙方在上三桌应酬，未及下三席，忽听鼓响，忙把蓉麈一拂，香云过处，早又芳筵酒满。大家吃了一回，蓉仙方问紫鹃道："你的小哥子好么？"紫鹃道："也罢了。"蓉仙叹道："像你和莺妹妹，实在算得忠臣，怪不得守来也有今日。我倒也想做个忠臣，可惜没有那主儿。"玉钏道："罢啦！仙人不做，做奴才。"蓉仙道："我不是奴才出身，怎么被人撵到破屋里去？"因用手指着道："若二爷有如今身分，我也和芳妹妹、五妹妹一样，不倒霉了。"因叹气向玉钏道："妹妹，你姊妹重逢不远了。"玉钏道："我姊姊死也死久了，重逢什么？"蓉仙道："正惟死得久了，才能重逢；若日子不久，不要说我，就鸳鸯姊姊呢，虽做了琴姑娘相知，到底可惜了一头乌黑的头发。"芳官因说头发，便问道："这话怎讲？"蓉仙道："日后自知，不必细问。倒是妙师父有一个锦囊，命交付你和五妹妹，等我交给你罢。"说罢，便交令收执。又向四儿道："妹妹，你这一席全靠貌似虎贲，你将来孪生时，得分一个与我。"宝玉道："晴妹妹，你果要时，不拘谁生，我先给你。"蓉仙道："还有一说，妹妹这名字不好，我意改作'绛霞'，不隐然就是晴雯了？"宝玉等都说："好。"香云过处，已上点心。晴雯便道："我且失陪，下去走走。"

下来看时，只见廊下四席：东边两席，已嫁的琥珀为始，麝月、秋纹、雪雁、傻大姐，到丰儿止，共八人。西边两席，未嫁的自侍书始，到小红止，也是八人。蓉仙便一一叙旧劝酒。

到了麝月，想起那年撕扇子的事来，便道："姊姊，人生如梦。那里知道，你如今'纨扇秋风'了。"麝月道："若说起前事，实是二奶奶过失。他总说道：'穷了养不起'，打发袭人后，便把我们逐渐配人，只留莺儿。到如今我们要进来也无颜了。"蓉仙道："到底也在各人，像芳妹妹、婉妹妹这样，还怕谁？"

又挨次劝到傻大姐，便笑道："妹妹，你如今有了妹夫了，见过世面，见了东西，不要大惊小怪葬送人。"随到右边来劝。见了翠螺，便笑道："妹妹，你如今该知阴阳了。"直至小红，因旧时同院，便问："你如今在那里？"小红道："我本在天津，因巧姑娘没人，要我来的。"蓉仙也劝了一杯，复来入席。

见满座寂然，便道："怎么样？酒都不吃？宝二爷，看来要出一个令才好。"一句话提醒了宝玉，道："不错呀！你显些仙术才好畅饮。"

大家合词公恳，蓉仙道："如此，放肆了。"把手一招，来了十六只五色仙禽衔着金杯，向各人面前放下；晃身一变，变做十六个美女：八个奏乐，八个唱歌。歌的是，林黛玉《桃花词》。唱完了又变了仙禽，衔着杯向各人口边送，大家只得吃了，那仙禽拍翅飞去。蓉仙便向巧姐道："我刚才看见小红这丫头倒有些福气。芸香奕叶继清风，恐在此人。姑娘，你留意着些。"巧姐忙忙答应。那时菜已过半，蓉仙把手一招，又只见来了十六只蝴蝶，各衔玉杯送上后，恰变做十六个娈童，连袂唱宝玉的《翠云裘》一调，低声曼度，真个销魂。唱完一样索干才去，大家都有酒意。

忽见来了一大蝶，大如团扇，飞来飞去。蓉仙道："奇了？这是太常寺老蝶，圣上都见过的，来此必有缘故。"因道："老道，你来为什么？"只见那老蝶飞了一阵，向宝琴身上一扑而去。大家诧异，便纷纷告辞。蓉仙道："既承光降，没有主人不手奉一杯之理。"把手一招，飞来六十四朵芙蓉花：四朵抬着一杯，都像那年刘姥姥吃的黄杨竹根挖的这样大。大家连忙告止。那花偏作怪，两朵捧着杯，两朵启开齿，把这杯酒一个个灌下去了。那时众人一齐天旋地转，伏椅的、隐几的，都呼呼睡去。还是宝玉记念上朝醒来，看时天已黎明，桌上十四人都尚未醒，忙推醒了林、薛二人，自己匆匆去了。郡主等方挨次叫醒，满口酒香。仙踪何处？忙去阁上谢时，仍旧楼馆秋风了。

却说宝玉进朝，早已百僚济济。北静王一见，便道："恭喜妹夫，已有旨放浙江抚台了。但只怕就要去呢。"宝玉听了，忙到宫门谢恩，即刻召见说："浙江素称善地，但近来浙东洋匪、浙西漕务，办理总不妥当。你是国家亲臣，特教你去，务要剔弊除奸。至军旅虽非尔所长，但前在天津办理甚善。尔去时，如要武将佐理，可保举来。"宝玉就保举了周震夏、柳湘莲。圣旨："知道了。"退出来，赶到家中，先向贾政夫妇磕了头；然后大家道喜，商量同去的人。

王夫人道："老爷在朝，我是不能去的。你们夫妇一起去也要得；但是宝丫头，你丈母有病，他要留京侍奉，他不去。莺儿是不去的。玉钏又重身，竟留下这三人，余多跟着郡主去，不必多让。"于是趁天气尚暖，定于廿二起程，郡主廿四起程。

恰好湘云来贺喜，因说他哥史节现任湖守，意欲叫解元趁老师便，去打个抽丰来做会试盘费。黛玉道："这断不可行。你妹夫正要用工，倒叫他三四千里地的跑么？不如你去，自家兄长说说苦衷，自然尽力帮帮。"湘云道："说起来气死人。我原要去的了，你这门生能当家么？"黛玉道："这个容易！薛家侄儿本要请先生教他，况巧姐说起，明年周亲家要将他姑爷送在我们这里念书，广广见识；竟将你妹夫请来课读，彼此有益。连家也不必当了，岂不更好？"王夫人等都说："极是。"湘云大喜，就回家收拾。起行前五日，梅姑爷升了太常卿，应了老道这一扑，周姑爷也奉旨放了杭州副将军，探春赶着同走。临行饯别，不必细表。

单说宝玉一路驰驿，到了镇江。宝玉见过官后，就打轿到常镇道署中。先到岫烟里边说了会家常话，郎舅至亲，别无他客，随即开筵唱戏。内中一个小旦，丰韵颇佳。宝玉问："叫什么名字？"薛蝌道："混名'赛潘安'。"因命他上来劝酒，宝玉扯他手，问道："你姓什么？多少年纪？"他道："小的姓蒋，叫瑶官，今年十五。"宝玉心动，便问："京师有个蒋琪官，是你甚人？"他道："是堂兄。"因问他："在班里多少一年？"瑶官道："只四十金一年。现在因行头主淘气，即日要散；散后还得另寻头脑。"宝玉听了大喜道："如此，大妙！你今日就做了我跟班，我自看顾你。至管班，我嘱薛大老爷替他说便了。"瑶官忙磕头谢了。薛蝌就传管班来，吩咐两位大人的话，谁敢不依？瑶官随即跟下船去。

那日，过了苏关，宝玉知是他家乡，便叫他叫一快船，将行李下了，随即和包勇及他下船，赶紧开船；随命焙茗在大船答应，只说有病。那船行不多时，已到虎丘。见有三四号浙抚旗号的船，宝玉问："是谁？"回说："本衙门的先生。"宝玉一笑过去了。到了胥门码头，因已得无锡知会，张灯挂彩，十分热闹。宝玉吩咐："不许停船。"过了平望，到浙江境上。

探船尤多，总只回报他："不知道。"一抵杉青闸，不特官员不少，连那站围的兵已来了许多。宝玉总令趱行，到双桥才折过长安镇来。宝玉本要察洋米私弊，无如全没抓拿，只得叫包勇押船过坝；自己和蒋瑶上岸闲逛。见一临河酒店，还有两盆残菊，铺设精雅，便进去坐了。走堂暖一壶十月白，并芹菜、海蜇、腐干、青豆四色酒菜来。宝玉只一人独酌，忽又来了二人，一老一少。少的道："阿爹且吃一碗。"老的道："怎好叨扰？"因说："二弟今年如何？"少的道："上半年很不好。此刻洋禁开了，宁波大袋客人来得不少，很沾光几个钱。"老的道："正是。那宁波大袋客人究竟怎样的？"少的道："这就是洋米了。他们一袋有石五斗，只将正数销在本地，余的都在半路贩出洋去。每石要十二块钱，该多少呢？现在怕新来的大人疙瘩，赶紧买卖两日，差不多有二千担。大约明晚，关上说明总得出去的。”宝玉听了，即刻还了酒钱。就开到临平，又说封关，给了他三百文钱才开。次早到东新关，一样要钱才开。

宝二爷一肚子气，进城到了万安桥，遇着好些粪船，叫他让，他偏不让，当头撞来，将船撞了一个洞，溜进水来。连忙一面停住，一面叫一乘轿子上岸。

因杭州府是同年，就将别号写了一个“贾硬峰”三字的京片，到府里去拜会。号房传进去，门上道：“今日不得见，要接大人。”宝玉道：“你去说，见了我，就不必接大人了。”号房又回进去，门上爷们道：“这是呆子。”将贴桌上一搁，也不进去回；也不出来覆。宝玉左等右等，十分焦急，忽见一乘四轿飞也似的来到大堂，打千住着说：“湖州府史大老爷拜会！”宝玉看时，正是史节，便叫道：“表兄，我在这里！”史节伸出头一看，见是宝玉，忙跳下轿来，打千道：“大人几时来的？”宝玉道：“我来了半天，要见见我们庄同年，他不肯见，怎样呢？”史节道：“这还了得！”回头对跟班说：“快告诉庄大老爷，抚台大人到了。”一句话，那杭州府里的人多唬得褫魂失魄。庄太守赶忙来接，宝玉一言不发，拉着史太守往里面走，到花厅炕上南面坐下了。

庄、史二守上来禀参，宝玉双手将史节扶住，故意问道：“这位是谁？”史节回道：“是庄知府。”宝玉冷笑道：“这是同年了，怎么像不认识的一样呢？”庄公知话中有缘故，忙磕头道：“卑府糊涂，该死！”宝玉道：“也不至此。”那时司道以下禀见不知多少，宝玉一一见过，方坐下对史节道：“我们穷京官出身，京官排场我知道，客来必见，见了必回拜。一放了外任，有了属员，打千、回话、送迎、随便居移，气养移体，一日大一日了。见了故交来，又要迎送，又要应酬。贴子未上，眉头先皱。这一皱，爷们就得主意了，十来九空，只顾糊弄过去。我们这种人家不做官，就做客，一般灯烛两般风。有了地位，本应照应；即便势有不能，不妨见了面细商。何必遇客头如鳖呢?"说到这里,司道都站起道:"大人教训极是!"宝玉又道:"那些懒牛罢了。又有一种,自诩吏才能干。那知案情据实办理,本是不难,无如又要顾恤属员处分,又要恐怕犯属上腔,费尽心机,方改来十分光。其实左改右改,光一分,欺圣上一分,岂不可笑?又一种装雅的下低棋,写怪字,胡猜字画,招几个后生小子在衙斋塌,化他几两银子,叫他歌功颂德,居然风雅总持。旧交宿学来,既怕献他底里,又怕责他礼数,索性借端谢绝了。这样人'打三义阁前过,只怕青龙刀要响'呢!"

宝玉正说得高兴,抬头见焙茗、包勇都站在旁边,便问道:"行李都来了么?"道:"都来了。请爷示下,捡几时上任?"宝玉道:"我上任就是吉日;我拜印就是吉时;捡什么?"吩咐伺候,下面齐声答应。宝玉向司道等拱手道:"再会!"全副执事,八抬八绰进节署去了。

后事如何,下回分解。

第二十三回　天妃闸祖孙授法
仙女庙姊弟奇逢

却说宝玉一到任，就命中军将宁波大袋全行封禁，并查明长安梁、沈几家米行，一例认真严办。洋盗渐少，米价亦松了，又将关上书役诈钱的，分别责革，以儆后来，又叫仁、钱两县，将金汁行中强横生事的枷了几个，勒令粪船粪桶均用木盖，不许联行并住，河道一清。这种惠政都是浙江人至今感仰的。

且说郡主邀同湘云、探春，带了芳、婉二卿等从京师动身，天气晴朗，路上虽已大雪节候，不叫甚冷。按站行至清江浦，早预备沙飞船只伺候。因下船已晚，不及开船，就在天妃闸旁歇下。郡主朦胧睡去，忽见一宫女传旨道："娘娘有请。"郡主常入宫中，也不为异，随即跟他进去。朝见毕，抬头看时，却不是宫中圣人，另是一位月佩星冠、天人仪表，不胜骇异。

上坐的道："郡主莫惊！我乃汝七世祖姑母，天妃是也。因汝南行，要掌廿日兵权殄灭洋匪，特授汝'五雷正法'，以靖妖氛。"说罢，就将"掌心雷咒诀"详细指示，郡主再拜领受。回头忽见芳官站在旁边，天妃问："这是何人?"郡主忙奏道："这是侍儿芳官。"天妃道："既有缘来此，可令曹娥授以'马祖棍法'佐汝成功。"随有一垂髫神女，将两根铜棍一授芳官，令他跟着将三十六路棍法一一演习，完时天已寅初。天妃道："你今此去，如意成功，后会有期，毋忘今日。"郡主忙辞出时，不觉惊醒，忙命后船请芳姑娘。来时，各言所梦。芳官又将妙师所付锦囊——系分身法，柳五儿的是隐身法，也有助主成功的话说了。大家诧异，因各用心学习。

不一日，到了仙女庙。郡主命先到坟展拜，再到再生庵。船家便到林都转坟前住下。郡主即上岸到坟前下拜，道："女儿今晚不诚，明日虔诚再祭。"拜罢，含泪同众人看坟上种的宰木，只见东边白皮松题有墨迹。看时，写道：

孤儿生兮命独苦，才襁褓兮丧吾父。
赖慈母兮恩勤斯，十六年兮泪如雨。
育成人兮滋我惭，举孝廉兮终何补？
泪空湿兮坟上土！

下书：不肖男，绛玉题。郡主见了大惊，就叫杨朴来问。

他道："前日，一位老太太同一位相公来哭祭。我问他下人，推说新来不知，只晓得这位爷，苏州人，今科解元。"郡主道："既如此，他在那里住？"杨朴道："也不知道。"只见他女儿听了，忙道："前日，他船上来借火，我问他，他说：'我们船是向四房代雇的。'郡主要问，问向四房便了。"郡主听了，一面叫王元赶速到向四房，查明来报，一面下船开行。

不一时，到了再生庵，蕊官等早在岸边等候。郡主看见枫叶芦花，霜风瑟瑟，不胜凄凉。随到佛殿，钟鼓依然，龛灯如故，尤觉心动。因向湘、探道："我那回过来时，只说老于是乡，消除宿障，那里知道又不能够。"湘云道："师母，你仍住这里，谁不许你？"探春瞅了他一眼，随同到后进。只见窗外残蕉掩绿，颓石帖青，映着暖日一痕，尤觉融融可爱。郡主道："我今夜定在此续旧梦了，二位怎么样？"探春道："甘与子同梦。"大家一笑。蕊官来问摆夜膳所在，郡主道："就这里罢。"大家话旧谈心，将及亥初方寝。

次日，起来梳洗方毕，王元来道："奴才昨儿到向四房，找着解元老爷，方知竟是老太爷的少爷同他生母老太太在扬州有事。奴才说了，解元也很欢喜，即刻同奴才来。奴才至邵白驿，骑马赶来先到一刻，解元爷也就到了。”郡主听了，忙同众人到外面，只一片声说：“林舅老爷来了！”

郡主看时，只见绛玉一步一趋，宛似如海光景，不觉盈盈欲泪。下面解元抬头，见上面一位夫人模样的站着，便道：“这就是我郡主姊姊么？”赶忙上前。郡主道：“俺们且莫行礼！先将原委说说。”解元道：“兄弟年轻，详细实不知道。今早起身时，生母递了一绣囊道：‘你将这物送郡主，就明白了，余的话见面再说’。”说着一面解绣囊，道：“生母本要来，因前日遇寒染恙，只好在扬州候姊姊了。”青琴忙将绣囊送上，郡主抽出看时，上写道：“我因现在持宪，不便接汝入衙，先付汝银一千两，为汝赎身。赎后，汝可在乡僻隐迹，打听我离扬即来完聚。汝所生无论子女，总名‘绛玉’，免得与我黛玉异长也。外苍龙佩付汝，可收之，以为再会左券。”此字付娇梨的，是如海笔迹。再看龙佩，又是郡主自小看见运使佩在身上的。不觉放声大哭道：“我再不想今日也有嫡亲兄弟了。”解元也不禁呜咽道：“姊姊请上，且受兄弟一礼。”说罢，便拜下去。郡主忙扶起，兀自哭个不住。紫鹃等忙上前道：“今日郡主姊弟相逢，天大喜事。奴才们正上来道喜，郡主怎么倒伤心呢？”郡主便道：“兄弟，这几个虽是你姊夫房里人，却都是受过封诰，又是我患难姊妹，你总叫他们‘姊姊’是了。”说着，紫鹃、芳、婉等忙向舅爷道喜，都平磕了头。郡主命请二位姑奶奶出见，湘、探也就出来见了礼。郡主笑道：“这是你二表姊，这是你甄年嫂。”正说着，周家禀道：“祭已齐备。”郡主随即下船，同众人又到坟上。先是姊弟祭毕，随后湘、探陪祭，紫鹃等助祭。方才下船开行。

行未十里，因薛蝌现署运使，家眷都在这里。岫烟知郡主将到，就放船来接，彼此过船叙旧。岫烟道：“我昨日知你姨太太在此，就遣人去接，断不肯来。我因想，你旧时住的拒马桥太公馆的姑丈祠堂在那里，你必要去，就请老太太那里等着，以便好说话。

探、湘两姊妹先同我到署,你们说完了话再来,好么?"郡主大喜。

到岸时,将轿马分做两班:一到运司衙门,一到东关公馆。

郡主先到祠堂拈了香,再入后屋。只见那位老太太,年纪不过五旬,容止端洁,扶着小丫头要下阶来接。郡主忙赶上,道:"不知姨妈在这里,请安来迟!"那太太也跪下去,平磕了头起来。坐下。方将原故说出。

原来,那太太就是前书里甄士隐一脉。那甄公得道去后,封院君有两个大丫头,一叫娇杏,一叫娇梨。那娇杏已经叫贾雨村要了去做太太;那娇梨仍跟着封氏度日。后来封氏连他哥也没了,娘家难住;又听得说士隐在扬州,因带了娇梨来探信。那知住不多时,封氏一病呜呼。那时娇梨举目无亲,只得向饭店主人道:"情愿卖身殓主。"扬州清音堂极多,就有一五福堂老板,拿出八十金来,交他使用。娇梨将封氏收殓毕,无奈何搬向他家,听他调遣。幸而清音堂当官,总卖脸不卖身的,尚好支吾。过去几年半,恰值林运使要到仪征开坝定例,盐商总要百戏俱陈,娇梨因贾雨村曾在林衙教书,或者籍此可得娇杏消息,情愿应局。那知林如海素来道学,单单这回将去的十二人中,又单单挑中了娇梨,竟做出陶谷好姻缘、恶姻缘的故事来。娇梨主意本要嫁他,林公究有主意,才写了这封书子及一千两银子与他。娇梨得了这银,就在堂里赎了身,同一老妪在洞庭山尼庵等他。不上半年,林公病势渐重,复又写信通知。无如娇梨正生了解元,产后失调亦复大病,及医好了些,解元又出起天花来。再到扬时,不要说见面,连灵柩已被黛玉下葬多时了。娇梨只得带了绛玉,苦志守节。幸绛玉天资聪敏,十二岁就入了学,十六岁就中了解元,也不知父葬何处。直至中后,见房师时问及家世,解元含泪直陈。房师道:"若如此说,只怕在仙女庙那里。我与浙抚贾同年,前在他丈人墓上致祭,我去见他,听说姓林,做过扬州盐课的。"解元访了下落,同母亲去致祭题诗,才得姊弟相逢。

郡主听了,哭一会,笑一会,说个不了。只见青琴禀道:"邢姑太太差人请过三次了。”郡主要邀姨太太同去，姨太太断不肯，道：“我未亡人何必又与宴会，倒是一件，老爷病重时付那封信，郡主尚未见，我取出来。”郡主看时，写道：“我病已重，等黛儿京师至此，恐已不及。你见信可即带所生男女来此。我生平清宦，有少许俸余，你可发取与黛儿分用。”后面写道：“是页禁衣，何草为宜？”郡主又伤起心来，道：“爹爹临终尚如此疼儿女，同我兄弟如何报答？但事隔多年，隐语亦不甚明白，那里去找？”解元道：“我前去见薛运台，他会我的所在叫‘题襟馆’，这不是‘是页禁衣’么？只如何好去找觅？”郡主道：“这容易了。”就向解元耳边，叫他如此如此。随同紫鹃四人上轿，随后解元亦去赴席。

恰好席设馆中，解元故意左一杯，右一杯，装作十分大醉。薛蝌见了，忙进去告知郡主。郡主出来看了，道：“少年人终不中用，醉了只好就在此住罢。”因令李贵、王元陪着睡。到人静后，解元重又起来，令二人将荷花缸抬开，下面左黄右白，端端正正十坛，每坛约有三千之数。解元大喜，就令：“且到明日，回了郡主再说。”

究竟取去与否，下回分解。

第二十四回　林解元山祠得佳偶
芮勇士湖舫露真才

却说绛玉次早告诉郡主，郡主告知岫烟夫妇，都欢喜道："这屋久没人住。我们来，因见有姑丈的匾，重收拾起来会客。那知荷花缸下有许多藏物，不是姑丈有灵么？分赠之说断不必谈，竟归表弟为是。倒是如此拿出去终觉溜眼，莫若将商人送我的唐花拣八盆来，将此物放在底下更妥。"遂即如法送到公馆。又住了一日，方才起身南下。

过了几日，已到浙江嘉兴。因绛玉尚在平湖拜一同年，就停在杉青闸等他。只听得岸上像一老一少两个女人拌嘴。那老的道："'杀人偿命，欠债还钱。'今日还，便快些！要再打擂台，我断不依！"那年轻的道："老太，你怎么给我摸不开？'人生何处不相逢'，前番在贾府认得你，那里知道在这里又碰着。还，总还你。求老太略宽限些。"老的道："放你吃灯草灰的屁！好轻巧，都是这样，老娘要饿死了。我到别家收了钱就来坐等，快些打算。还不出，就牵你娘儿去做粉头，也要还。"说罢，拄拐而去。那年轻的便在内呜呜咽咽的哭。郡主听声音甚熟，叫雪雁："你快去到那妇人家，看是何人？"

不一会，雪雁忙赶来回道："那里知道竟是大奶奶妹子——李二姑娘。光景甚苦，连棉衣还没上身呢。"郡主即叫雪雁将一副皮裙衫同棉袄等送去。母女随即来船见了，不禁大家伤心，连探、湘也落了好些泪。

方知李纹出嫁陶家后，姑爷北场连次不利，携了他回原籍。进南场，仍不能中。坐吃山空，一贫如洗，只得连李纹及女儿也携了来，在黄冈泾处馆度日。不上半年，一病亡故，客里一无依靠。闻迎春的奶妈在这里放债，请了他来借上七千钱。那知他五扣三分，不及一年，已有廿余千。因见本利俱无，日日上门寻闹，受了无限气恼羞辱。正急得要上吊，忽撞着郡主来，弄得他如八大山人，笑不得哭不得。郡主便问："妹妹，此间要得多少开发，才能动身？"李纹道："我们这样穷鬼，谁尚赊帐与我。只对门杂货店有四百余文；间壁米店将及千文的帐，此外还有几张当票，不过半新旧的布草，也好从缓，就是这笔借项利害。"郡主道："既如此，妹妹竟同我衙里去。店帐我即刻开发；当票丢了也罢，那笔帐，他来我有道理。"

正说着，那老婆子拄拐从东来，见门锁着，道："这雌儿，怕我拉他做粉头，逃走了么？"间壁道："逃，倒不逃。在抚台大船上认亲呢！"老妈道："这就好了！"赶着往大船上跑，多少材官拦住道："这是大人太太，你莫闯祸。"他道："你们收留得我欠户，我就来得，闯什么祸？"郡主大怒，吩咐："抓他进来！"一声令出，即刻背剪押进。郡主骂道："你这老猪狗，前在府里，都是你这老猪狗偷了二姑娘纍丝金凤开赌，闹出事来，带累大家不安静。撵你回南，你仍打着府里旗号重利放债，已该万死，还敢干刁诈勒挤李姑奶奶么？"

喝令："搜他身上！"只见一件银衣内，都是放利折子。郡主命将李纹折子捡出，其余一概焚烧。一面将吴氏发在岸上，打三十朱棍，一面叫材官协同地保将他儿子王柱儿叫来。原来，他儿子就在近边一姓马当里做朝奉。不一时拿到，跪在船上碰头。郡主吩咐："押令出结，领娘收管。李宅本钱当面交付。"

这儿子忙谢恩出去，寻他娘时，只见光着两条腿躺在街上呻吟流血，忙替他穿好衣裤，扶了回去。枉费一场心机，依然空手，剩这

几吊钱还不够衙门使费及调治棒疮，只好跟着儿子摇纱度日罢了。

如今且说郡主等绛玉来了，随即开船到省，探春自回将军府。自己邀同林老太太及湘、纹等同住院署。逼近残年，送礼应酬忙个不了。到除夕这日，先拜神祭祖，又望空替贾政辞了岁，然后大家行礼。黛玉先请林老太太同史、李二人吃年饭。陪毕回来，恰好宝玉也外间席散，紫鹃四人请二位正坐，重又摆上团圆饭，献合欢汤、吉祥果、如意糕毕，饮至三鼓方歇。

次早拜牌行香贺节，更不必细说。

初二，郡主就请探春畅叙一日。初四，将军府里请林、史、李三人，早晨就去了。宝玉无事，与芳官等打牌作乐。到午后，宝玉道："他们在这里，令总太文，我们今日爽爽快快行两个令。"大家忙问："何令？"宝玉道："把吊牌来，抽得铜索，免饮。有人头者，脸向谁，谁吃酒。若有双人头，吃合欢杯。"就行起来，不及十张，刚刚绛霞拿了百子，宝玉要和他吃皮杯，他那里肯？当不得花、柳捻住两手，紫鹃捧住了头，只得任凭二爷喂了满满一杯方住，起来使性要走。

恰好报新任定海镇柳大人到辕，宝玉忙出去迎接进来。说了些京中时事，即命备席，请林绛玉作陪，方走出来，湘莲惊道："这不是像秦钟么？"宝玉道："我也为此，请你瞧瞧，这却是我的舍甥。"又将前事说了一遍，湘莲就要见郡主，宝玉道："他们游西湖去了。难得老弟来，明日上午我们也去逛逛。"随即吩咐预备。

到次日，湘莲拜客回来，宝玉便邀同绛玉游湖。先放船南山，方才行至半路，见傍水一庵，红梅甚绽，因拢船上去，却是白云庵。大家坐了一会，见旁边有一月老神龛，设有签诗。绛玉少年情性，顺手抽出一枝，上道："佛殿有奇逢，佳音五日中。一枝花及第，红杏有家风。"宝玉道："这倒像功名签。"也撩开了。到小有天园，已预备酒面伺候。绛玉酒力不胜，走出去闲游。忽见旁边有一壑庵，梅花正好。他进去看时，只见一妙龄闺秀，立一杌子上折花，见他来，忙下来进去。无奈解元这一双眼，早将他金莲瘦损、玉脸晕羞一种态度看了个饱。再看地下,还有一枝红梅,忙取了回来。左思右想,席间就不甚尽欢。回署一夜无眠,五更觉得有些发烧。次早懒得起来,时离公车日期已近,请医来看,说:“心脉独大,须医心病。”郡主十分着急,细问他,方说出原故。郡主道:“深山荒庵,知道是人是鬼?明日我到那里察访,若此女果未对亲,何难撮合。”因问外边“一蟼庵,是男庵,是女庵?”回是女庵。郡主就命次日降香,吓得庵中尼姑尿屁直流,赶忙预备。

次日,郡主到时,四五个光头门外迎接。郡主进香毕,便问:“那东厢房屋可有人住么?”尼姑道:“有一老太太同一小姐住在此间。”郡主问:“那里人?”答道:“江南人,也姓贾。他们老爷也做大官,后来缘事罢职,爱游山水,就不再在湖上,遗命葬在此间。每年太太同小姐总来上坟,今年太太感了风寒,病起来,至今未去。太请看他荐先疏头就明白了。”郡主抽出看时,只见写:“先夫府君雨村贾公”。不觉大骇道:“这是我先生暨师母在此。你去说,我立刻来请安。”

去不多时,说:“那边差小姐来接了。”郡主也起身过去,半途遇着,真个娉婷婀娜,艳若神仙。那小姐低低道:“家母抱恙,特令小妹来接。”郡主道:“世妹说那里话?”让至中堂,见中间正供着雨村神像,连忙下拜。重请师母拜见,那老太太道:“我恍惚听得人说,我家二爷在此做巡抚,节署清严,不敢轻造。难得郡主下降,三生有幸。”郡主道:“若知师母在此,早该接进署去。”因问世妹青春,太太道:“老身只此一女,今年十六,小名佛喜。尚未扳亲。”随询郡主:“可有兄弟?”郡主道:“只有一弟,姨妈出的。说起来姨妈与师母也有旧的。”就叫青琴如此如此,快去请林老太太来。

不一时,林老太太坐轿到来。你想:他二人甄家见面后,已廿余年,一朝白头重遇,又喜又悲,形容难尽。郡主方徐徐将姻事说及,有何不可?郡主就将林公所遗双龙佩为聘,贾老太太也取一支九子凤雏钗为答。不一时,湘云、探春也请了来,会亲酒席也送了来，欢饮而散。

过了上元，湘莲辞宝玉去到任，绛玉也择日公车，宝玉仍在湖上设饯，邀周大人作陪。先到月老祠，解元磕头谢神。湘莲也求一签，上写道："手掣碧鲸，痕留红线。海上仙缘，试求故剑。"宝玉道："莫不还在鸳鸯剑上成就？让我也来求求。"才一摇筒，早飞出两枝。一枝道："桃叶和桃根，生成双姊妹。愿结再生缘，妾心古井水。"一签道："噩梦圆，师中吉，一死一生，双飞比翼。"签语都是好的，命跟班收起。就放船到南山看了回梅花，便至望湖楼吃面。面后，同周、柳二人谈起兵法来。解元有些不耐烦，又下楼去闲走。

将及孟柳居前，只见一只酒船正撑篙开船；岸上一穷汉生得美如冠玉，喊道："还了诗钱，再去。"船上道："老爷们说：'诗做得不好！还了你，也不给钱。'"少年道："出了题，限了韵，又不给钱，那里有这样空心大老官？"追着乱喊。解元耐不住，把他拖住道："你把诗我看。"取将过来，题是《咏猫》，限韭、九、酒三韵。他是七绝，道：

> 貌似於菟常八九，只爱鱼腥不爱韭。
> 有时捕鼠太仓忙，翻倒床头一瓶酒。

解元心下喝采，便道："你诗多少一首？"他道："一字，一文。"解元道："你照样做一首，就十倍给你。"那人道："这有甚难？"向酒店讨了纸条，信笔又成一首：

> 拣地眠阴春八九，日午花光图鹿韭。
> 借问缘何醉不胜？薄荷几片疑残酒。

解元十分叹服，就令跟班送二百八十钱与他，自己却缓步跟着。只见他将钱往村店里一丢，道："要两瓶梨花春。"店家忙递与他。他拿了往一荒寺里，将二三百斤重一尊石弥勒龛子拿起，取出一杯，又一碗雪里红烧笋，到后院一株古梅树下，坐在石上，将酒、笋慢慢细吃。解元笑道："可分惠一杯否？"那人见是绛玉，便道："还不俗，自当公荣。"就将自己杯子揩了揩，斟一杯递过来，自己捧瓶而饮。

解元愈觉他俊爽有趣，便问他："何名？"他道："我，姓芮名珠。"因劝道："足下如此俊才，何不读书？"他笑道："我少年孤露，未曾读书，如何得有根柢？若像如今，这些时文好手，我又很恶数他。有一套《道情》，唱与你听：

读书人，最不济！烂时文，烂如泥，国家本为求才计，谁知道变做了欺人技。三句承题，两句破题，摆尾摇头，便道是圣门高第，可知道《三通》《四史》是何等文章，汉祖、唐宗那一朝皇帝？案头放高头讲章，店里买逢时利器；读得来肩背高低，口角嘘唏。甘蔗渣儿嚼了又嚼，有何滋味？辜负光阴，白白昏迷一世；就教他骗得高官，也是百姓、朝廷晦气。"

唱完，解元道："既不就文，何不就武？"那人道："武职人就是出身大了一级，就听打听骂，点了伴当，又听他做那没人样事，只科甲出身还好。我们这里考一场武童，要花几十金。我如何花得起？"解元道："既如此，我送你一所去处讲习讲习。临时我再想方法，如何？"芮珠问："是谁？"绛玉道："新定海镇柳。"芮珠听了，大喜道："我久知他是男子汉，却无缘认得。"

正说到这里，只见三四个人跑进来道："好了，寻着了。请舅老爷快去，三位大人等久了。"解元道："不妨。"即放杯起身，对材官道："你可同芮相公进城里买些衣服，该钱若干，等我开发。明早，你就同芮相公衙门里来。"次早，解元、芮珠就同去拜柳湘莲。湘莲一口不移，邀他同去。

过了一日，解元带了自己的王元、贾府焙茗及材官北上。过了清江，起早就派焙茗做头站。一路无话，到了山东茌平地方，焙茗先去打店。那店家道："上房有了人，也是你们大人亲戚，住下好几日了。"焙茗不信，去看时，却是邢大舅、王仁，惊道："你两位老人家在这里做什么？"原来邢、王二人因年来手下甚紧，昨冬就过不去，就与贾芸商量，躲到贾琏处过年。贾琏虽系至亲，因巧姐这事招接

落寞。只有贾芸,亏得巧姐将蓉仙的话说与平儿,平儿又念他前闹原故时,亏他二人才把王善保家的谎证住,就劝贾琏将小红招赘贾芸,留在衙门管杂务。邢、王二人竟无甚生发,因薛蝌现管扬关;宝玉现管杭关,辞了南来想坐口子。贾琏送了百金,谁知混嫖混赌,闹到茌平,又看上两个粉头,一住三天,橐金垂尽,正在两难。一见焙茗,问知缘故,忙让出上房。等绛玉进店时,先来请安。绛玉知是长亲,留住夜饭。次早,焙茗告诉原故,又送廿两程仪,自己北上,他二人也就束装南下。

后事如何,下回分解。

第二十五回　奴欺主王邢受刑
男作女香玉卖解

却说邢、王二人得了林解元资助，方能南下，也算伤弓之鸟了。那知偷食猫性不改，一路又嫖又赌，到了清江，又用完了。彼此没法，听得清江县是赖荣署理，二人商量写个姻愚弟贴去拜他。号房传话出来，太爷说：“并没此亲，不许再传。”王仁大怒道：“你原不是亲，你的主人才是我们至亲。我看世交面上来认你，你敢如此放肆?”千奴才、万奴才，骂了一顿，亏得邢大舅劝回。这里赖荣也只好吞声忍受。邢、王二人虽骂了一顿，于事无补，就同到临河茶店啜茶消闷。

见一少年走过，王仁眼尖，忙赶出来道：“马老二，你几时来的?”那人见王仁已喊破，料躲不过，顺便道：“舅老爷。”跟着进来，见了邢大舅道：“邢舅太爷也在么？他乡遇故知，难得，难得。”邢、王因问他行止，他道：“我自从同女人躲到苏州，尚算顺溜。谁知蝌二爷署了臬司，我有些胆寒，因叫船北来的。那知女人又染了时气，病了几日，如今才好，要到山东去。遇着二位，实在巧极！”邢、王道：“今儿晚饭扰定你了。”马二道：“这个自然。”就邀二人到家坐定，叫店家弄些酒菜来，宝蟾也出来陪侍。饮到半酣，王仁装醉道：“脚软，走不动，只好住下。”马二道：“容易。我两口子住做一间，让东屋里二位住。”王仁打了他个榧子道：“谁叫你这么乖！老实说，大舅太爷他，自来小幺儿黄都要踢出来的，同你东屋睡；我自同蟾姑娘睡。”马二怕他发觉出来，只待应允。饮至二更，分房各歇。那知东屋里尚未完事，只听得西屋里一片声响。忙出看时，王仁和宝蟾已被多人赤身背剪在那里。只见有人指道：“这是马龟，这是同来的奸党。”众人不由分说，也用草绳拴起，送到县署。

赖大才出堂来，见了王仁，怒从心起，拍案骂道：“男女裸辱公堂，甚为可恨。先各打二十，然后再讯。”两旁“吆喝”一声拖下去，如数打讫，才放绑着衣，及带上来，又吩咐明日再审，已退堂了。该房矫命，将邢、王、马发入班房，宝蟾官媒收管。那知王仁本是膏梁，一路又闹虚了身子，一惊一冻已病入膏肓，再经刑杖，不到三日，就呜呼了。马二心想：“已成命案，究出原由总无好处，不如早寻自尽。”邪心一起，只见蒋玉函来道：“兄弟同我去罢！”马二果依他，如法同去。

次日，赖大得知一案二命，十分着急，听了朋友计策，先发制人，就将本事据实详办。幸得本府明白，叫去吆喝了一顿，即刻亲提审究。先将地棍詹和人等审实局诈，打的打，枷的枷，都开发了。然后将马二与宝蟾偷盗同逃一案，改作马二因被获畏罪自尽，将奸妇解京归案另结。那知解到稠桑，宝蟾忽见呆子满头血对他，他发惊喊倒地，就没气了。此是后话。

且说太守知邢、王都是臬司至亲，案情已替他开脱，忙请了进去，致了多少的安，要求他将王仁之死，只说急病，邢大舅应允。即刻厚备程仪，送他往臬司署去。

岫烟夫妇见了，一番悲喜，自不必说。邢大舅深恨赖荣，想去告诉宝玉，且商量坐口子事。岫烟也要游西湖，择日备船到杭。郡主赶忙接入，留在署中盘桓，外面也唱戏请酒。席间，邢大舅将这事详细告知，并将赖荣打王仁也说出来。宝玉听了大怒道：“这样奴才，不竟翻天覆地了？”写信与贾兰，叫他回明贾政；勒令他告病。又寄谕，谕知赖大，叫他到清江将王仁换棺另殓，就同他儿子船一起回去。

如今且说岫烟到后，自然郡主要请他湖上逛逛。到这日，不过仍是云、探、纹、岫一班人，先到望湖楼吃早饭。只见西边人千人万，拥挤不开，叫人去问，却是地方上叫两个女子走索。郡主吩咐移至楼前走。

不一时，看场围处经一条索，有十丈长。打起锣来，那两女子肥瘦相当，两溜秋波，一弯瘦玉。手里拥着一竿，竿上两头挂有沙袋。那女子掂准了在索上放步飞走，竟是"飞仙天半"。一会儿陡然仰卧，将两瓣莲钩钩着慢慢起来，一会儿陡然坐下，将两枝藕臂扶着立起来，尽态极妍，无所不至。郡主大乐，赏了十吊钱。姊妹二人上楼谢赏，郡主问："多少年纪？"他道："同胞生的，十六岁了。父母都故。因婶子这技艺出身，遂传授了。"便问他："尚有何技？"他道："上竿、跑马、舞剑都全的。"郡主命且试来。只见竖起双竿，他二人卸了外装，只穿月白洋绉绣花袄，大红鬼子阑干镶的夹裤，缚着裤脚，飞身上竿。到了上面，舞一回，唱一回，正在热闹，忽然身离了竿，跌将下来，大家着惊，那知他已轻轻立在地下。郡主又命将马牵来，二人各抹了一匹胭脂五花马，扬鞭跑过苏堤方才折回。两马交时，忽然互换，一会儿双手拱着，作拜观音势，一会儿一脚立着，做金鸡独立势，无所不至，方才下马。郡主又命他舞剑，更不必说，花团锦簇，十分好看。

郡主有心提拔他，问他："肯跟我么？"两人跪下，含泪道："小的们无奈学此下贱技艺，若得郡主收录，生死不忘。"郡主见他出自挚诚，就叫他叔子来说明：赏他一百银子，留此二女。他叔子千恩万谢，道："我嫂嫂生侄女时，梦见两个相公来道：'我们叫香怜、玉爱，因生前甘心风月行事，今罚作女身。前堕烟花，后受诰命。'不想果遇着郡主，真真万幸！"郡主就带了回署，令他各拣徒弟二十四人，教习弩箭剑法，以备不虞。郡主等也常去看操。

一日，从箭道相过，见一老婆子在那里采桑叶，便问："这时候

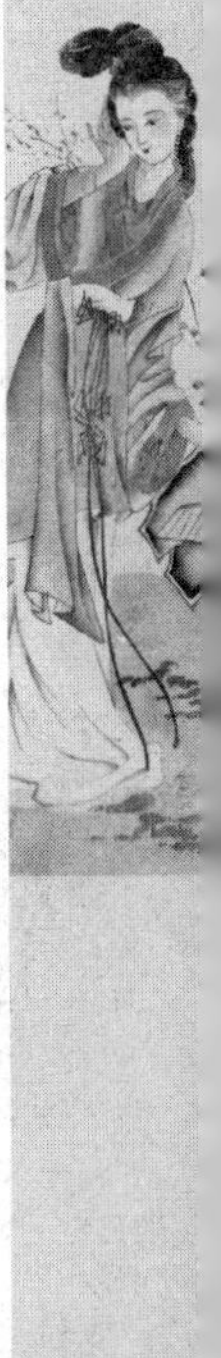

要他何用?”回道:“养二蚕。”湘云道:“怎叫二蚕?”李纹就把“二蚕”原委说了一遍。黛玉道:“我正想重起诗社,这题目很新,何不各做几首?”次日邀了湘、探诸人,在定香亭小饮,分题。不到申牌,都完了。只见郡主的道:

太平书里记同宫,依旧东京皲足空。
今日原蚕浑不禁,笑他泥古漫荆公。
柘珍何必问山农?沃若桑阴夏乍逢。
风戾老番心事切,半窗梅子雨初浓。
啼鸠绛声中起箔齐,阴阴夏木四围低。
远扬罢伐翻新样,斜倚茅檐绿一梯。
蚕月题笺红已褪,村村风景不前殊。
忽来生客冲门入,懊恼豪家索夏租。

湘云的道:

采茧时过月四三,又将旧谱按准南。
青秧未插黄梅近,破费工夫看二蚕。
暖多寒少谢天公,不用蚕房宿火笼。
爱听街头呼散叶,剪刀声静绿阴中。
夜短真看到十分,几回倍饲叶辛勤。
最防一阵惊雷响,却是翁翁豹脚蚊!
络丝邻女话依稀,雪茧头蚕一样肥。
听得阿娘亲口说,今番要织嫁时衣。

探春的道:

春蚕才了更原蚕,且喜条桑事旧谙。
林外纬车刚响罢,又将捧种浴溪南。
纸阁芦帘火一篝,春寒曾忆为蚕愁。
至今五月凉如水,轻慢闱炉不上钩。
饲蚕曾说爱温和,此日翻嫌热较多。
输与邻家诸女伴,一声凉唱采莲歌。

仍愿山头茧似银，凭谁要术说齐民。

再生四卧浑相似，遮莫遗风道爱珍。

李纹的道：

同宫何必禁原蚕，桑柘重阴俗旧谙。

为报乘船如乘马，任他骐骥病江南。

绢乡浴种晚风前，正是乘阴五月天。

曾记枝柯空陌上，今朝又见小于钱。

炎宫火伞报新晴，梯倚邻墙夕照明。

一样猗猗歌沃若，底教金剪竟无声。

花谢缫丝豆荚粗，筠篮女伴笑相呼。

梅酸笋苦都尝遍，可惜枝头紫葚无。

岫烟的道：

几日春蛾种乍生，似从璘藉悟前身。

眠头捉忆黄梅候，屈指今朝又数旬。

底事江南六月天，门糊红帖尚依然。

碧筒未敢消长夏，只解勤勤问箔边。

最关心是十分收，愿似春三箔上稠。

幸喜天炎寒不怕，小姑辛苦汗频流。

谁家娇女伴偕行？团扇还同筐共擎。

绿涨柔柔刚雨过，采莲歌里剪刀声。

宝玉的道：

秋母传来岂自今，笑他著作漫成林。

茧丝半为弹冠误，辜负年年压线心。

农家作苦最辛酸，剜肉医疮一例看。

不是缩汤贪再煮，新丝五月已输官。

长日如年煮茧才，夏游重赋值恢台。

三眠三起都如旧，只少声声布谷催。

欲绘豳风图一函，熙朝盛事迥非凡。

漫劳海子冰蚕献，瓮玺年年应瑞咸。

大家互相赞赏一会，黛玉道：“好是好的，只是宝二爷四首全是禄蠹脾气了。”

正说着，辕门锣声大振。差人问时，林解元中了会元；甄姑爷中第二；周小姑爷也中了。大家彼此道贺。正热闹间，又报焙茗已回，宝玉忙叫他来，问京中近事。

问得如何，下回分解。

第二十六回　壮士军中求故剑
美人帐里戮殊魁

却说焙茗到署，宝玉见了，先问老大人、老太太安，随后便问："有何近事？"焙茗道："别无甚事，只环三爷已另对了亲。说通州有一大户，本是金陵王家，因在馆上当差，就娶了位二房太太在京里住下。后广东做知县回来，有十万之富，并无子嗣。大户死了，那太太在宅里本家螟蛉一女，说：'肯做养老女婿，将来送终后，家事全是他得。'环三爷动了贪念，求着太太。太太因自己一家，就允了。环三爷差人去说，那里说：'亲是肯对，但不准有房里人。'三爷竟要打发彩姑娘起来，把彩姑娘气得上吊，幸亏芙蓉仙显灵救了，还对他说：'再生有路，缘在南方。'所以彩姑娘立志要在江浙出家，大太太和薛太太叫奴才夫妇送来，已在堂上。"宝、黛因忙叫快请，及进来，跪下就哭。郡主忙拉起，道："哭也无益，请起来细商。"彩云又将前事诉说一遍。郡主道："西湖上怕少庵子，但我们去了怎么着？我的意思，不如到我家庵里和蕊官做伴儿，可好？这庵名又合着蓉仙暗号。"大家说好。彩云又谢了，遂去寻芳官等。

大家都替他愤愤。五儿道："环儿荒唐已极。但难得你拣得好主儿，还要把茯苓霜送他，累我几乎打窃案官司。"芳官道："环三爷待他本好的，不然，为什么见了人家蔷薇硝，就硬要来给他。不过如今色衰罢了。"紫鹃道："人家心里正不自在，你们还要拿他开心！

只问姐姐，晴姊姊怎么这样灵？”彩云道：“他灵的事多着呢！前日，玉钏姐姐难产，亏得他送一丸药来，就产下了。王善保家害热病要死，忽道：‘阴司里说他造言生事，害了仙妃，罚令拔舌。’就将舌头拖出，嚼得粉碎死了。所以香火越盛，朔望连太太都去拈香呢。”隔了一日，苏州来接岫烟，彩云就同他船去了。

郡主才在大关送行回来，忽材官飞马来报：“甄姑爷点了状元，林舅老爷点了探花，周姑爷点了传胪。”忙回署中与老太太、湘云等作贺，合城各官也来道喜。

闹了几日，又接内务信，知仲妃亲制绣幢一对，命宝玉派员送普陀供养。宝玉因未至普陀，又要海上巡察，就奏准亲去。

到宁波时，那提督冯紫烟本是世交，留住半日，方开船出去。

招宝山下便遇着柳湘莲，道：“目下海上‘黑雾大王’甚为凶勇，兄弟你莫去，愚兄代劳罢。”宝玉不肯，便拉芮珠陪着同去。

到山上，天尚正午，宝玉正在挂幡，忽然黑风陡作，黑雾迷漫。和尚道：“不好了，大王来了！”宝玉惊得打战。湘莲道：“莫慌。我且去抵敌，芮兄弟你与二爷作陪。”匆匆下船出阵。那知风势太紧，未经三合，早已船底朝天，英雄落水，手下兵弁非遁即降。洋匪蜂拥上来，芮珠十分着急，幸宝玉将宝珠挂起，大王妖雾到得山下，早已风息浪平，方才敌住。那大王正想设法上前，恰值冯提督引兵来救，黑雾大王暂且扎住不来抢山。宝玉忙烧信香，请晴雯仙驾。寂然，过了半夜，方来道：“二爷放心！郡主明早到了。”

原来杭州自宝玉去后，署中无事，黛玉众人正在露坐乘凉，忽见蓉仙在空里道：“宝玉被困普陀山，速速往救！”要再问时，已不见了。黛玉这一惊不小，一而即说去请周姑老爷，一面收拾行李，带了花芳、柳婉及香怜、玉爱起身。周震夏得了信，也忙点起五百兵，同包勇家将一同进发。无如普陀从内地走要五六天才到，若从海上转，苦无船只，又风帆不顺。黛玉道：“不必管他，且渡江去。”那知才出得城，只见一位垂髫神女立在云端，一眼望去似曾认得，正在踟蹰，忽见神女道：“郡主莫慌，我助你顺风，你将渡船做坐船罢。”说罢，将裙一条系于桅上，吹了口气，顿时，顺风大作，连船家不能做主，已从鳖子门开出海去了。舵工只得拿紧了舵，任他飘荡。天才黎明，隐隐见了一群船折戗下来，忙去问时，恰是冯紫烟得了宝玉的信，点一千兵来救。那知被黑风、黑雾压住，不能取胜，败阵下来。

彼时，两军相遇，各诉原由。郡主命将兵并在大船上，仍旧顺风进发。不到十里地，那边看见船来，也早放船迎敌。船头上一个汉子，身穿青直缀，披发赤脚。候船将近时，把剑一挥，顷刻风吹雾立，一气迷漫，雾里还有无数金蛇撺将过来。这里船如何敌得住？又想要走。郡主在敌楼看见，忙用一个掌心雷打去，顷刻雾气全消，青天白日。那厮见法已破，又将小铜牌一面，在将军柱上一拍道：“水族助阵！”又早波涛汹涌，水中如簸箕大的蟹，臂膀粗的虾，以及吸潮海鳅，吹浪江豚，千奇万怪，无所不有，都向船头张牙舞爪而来。这些船，那里还立得住个人，郡主忙又一个掌心雷打去，打得那些水怪死的死，逃的逃，尽数不见。

那时，两船已经相接，只见黑汉道：“这还了得！”提着泼风刀霍地里跳过来，香、玉二人也各持双刀出船接战，柳婉在旁看见黑厮凶恶，轻轻把袖弩发去，早中黑汉左眼，“阿呀”一声，已跌入他的船舱内。香、玉二人正要抢过去，只见一个白妖的妇人，高髻拖鞋，一把绣鸾刀迎住，道：“不得无理！”彼此战够多时，那妇人忽背上伸出一只手来，将香怜抓去，幸亏郡主眼快，接手一个掌心雷，他方将这手缩入，香怜已跌在船旁水内，幸搭了一张篙子，方得上来。玉爱一人有些怯战，花芳便舞着马祖铜棍出舱来，道：“玉妹少歇！”那妇人便来战芳官。芳官怕他又伸出手来，忙用分身法把身一摇，顷刻变做三十六个芳官，一样用棍团团围住。那妇人知不能取胜，又记挂中箭的人，把刀一掩，将身一纵，跳入彼船。郡主见了赶忙擂鼓，大家将火球、火箭，乘风抛射过去，那边怎么受得住？分做两阵，一

队入黄盘上澳，一队入黄盘下澳去了。

郡主忙命船向普陀进发。芮珠见了旗号，即禀知宝玉开栅放入。宝玉自在二山门迎接，见了众人，眼圈一红，道："林妹妹，亏你们来，不然几乎不得相见了。"遂同到殿上，拜了菩萨，转入客房，各诉近事。宝玉庆贺五儿的功，因问："袖弩几时学的？"五儿道："这是湘莲哥哥在京师传的，不过得了隐身法，欺他不见，发来便准了。"宝玉随命僧人备斋特犒师，暂且歇息不提。

如今且说湘莲落水之后，抱了一张篙子顺水淌去，昏昏沉沉不知多少路，忽然被岸拦住，方挣扎起来。信步行去，一片平沙，全无人迹。走了半日，忽见一山挡路，虽不甚高，恰被藤萝荆棘缠满，远远望去，上面似有人家。湘莲道："总是余生，且爬上去。"爬了一会，果露出一条樵径来。依径走去，有一座豆棚，正开着豆花，靠棚有一对门却关着。

湘莲便去敲门，忽听得里面莺声滴滴道："谁敲门？"湘莲道："迷路的。"里面道："这里那有过路的？""呀"的一声，开门出来。看是个十七八岁闺女，虽村妆打扮，光艳动人，又像那里见过。湘莲呆了一会，道："我们是失足落水的，已经饿了几顿，姑娘家有饭见惠一顿，饭钱加倍奉还。"那闺女道："哥哥不在，不便。"说着，只听前面问道："妹妹，你替谁说话？"那女子道："一个落水人客要吃饭。"又听道："你进来，等我去。"不一会，走出个二十几岁的麻脸后生来。湘莲忙又将前情告诉，又拿出一块洋钱送过去。那人道："这倒不必！但尊驾不像做生意的，且请坐。"只听得后生进去，叫妹子烧饭；自己拿了只竹篮，往前面去了。

不多时，同了个三十来岁白面的说笑而来。后面那白面的才到棚下一看，忙跪下道："请大人安！"湘莲吃了一惊，也忙双手扶起道："你莫认错，我不是大人。"那白面的道："小的朱贵，今年还在营里伺候。后因母亲多病告假回来，大人还赏了十两养膳银，大人忘了么？"湘莲想着不错，便道："如此好极，我实因剿捕洋匪失利，落水至此。”朱贵道：“大人事，小的尽知。但大人怎样来的？”湘莲道：“我从西北荒山里硬踹着来的。”朱贵道：“如此甚好！若从前面来，有人看见又费唇舌了。这里最僻静。他姓尤名奇，做人最好。大人且住下再商议。”

正说着，里面这女子托着盘，盘里一碟鲎子，一碟灰蛋，一碟海蜇、土蚨，一壶酒，叫道：“哥哥。”那尤奇接来摆下，又覆身送出一碗南瓜炒豆腐，一碗紫菜鸭蛋汤，一瓯饭。湘莲留心看时，只见那女子穿着件白夏布衫，一条月白夏布滚边裤，一双小脚，生得发元可镂，肤白如脂，只脖子里一道绛痕，好似一条红线，尤觉心动。正要问时，朱贵道：“大人请用酒！我把这里光景，细细告诉大人。”湘莲道：“很好。”

朱贵道：“这里那贼头本叫‘钻天龙’，就在天津洋面劫商被贾大人击败。南径后，遇一道人传授妖法，因在浙洋聚众抢劫。遇着官兵，就行起法来，遍空黑雾，内有金蛇似的冲将过来，断不能敌，就自号‘黑雾大王’。他女人叫‘白雪夫人’，也有法术。前胜了大人后，正想去抢贾大人，不知来了几位仙女，不但破了法，并把大王伤了一目，现在在公馆养病，他女人却领兵在船上。大人不知，前日标下弁兵因雾势利害，假意投降的有三百余人。他连船派在中间，叫赵把总、钱外委管领。小的曾去看过他们，他们多感念大人恩德。只要大人寄信去，请得几位仙女来禁住妖术，我们奉大人从中起事，再请贾大人发些兵来救应，有何难破？破了再到下澳去，破他青霞小姐不迟。”湘莲大喜道：“你话不错！我写信去，贾大人也必依。但怎样通信呢？”朱贵道：“这里离普陀只廿里，只要烦尤大哥穿上鱼皮衣，一夜到了。明日请仙女们坐一只小船，到我们那边关上上岸。那时我还有妙计。”

尤奇道：“去不难，我还要家里去商量商量。”湘莲道：“令妹么？”尤奇道：“正是。大人不知，他生的时候，我妈梦见大士，大士瓶里柳枝上忽跳下一仗剑女子来，说：‘我借你家里住几年。’我妈推没屋子，女子道：‘不妨，我仍要向柳枝上去的。’醒来生了他，小名就叫柳儿。自小总依着他使枪弄棍，自命不凡。我若不告诉他，他竟可嚷出来的。”朱贵道：“有一句话不敢说，横竖大人没有娶太太，他妹子品格儿也俊，大人何不先聘他做了二房，尤大哥自然肯出力，他令妹自然也不嚷了，自家一家人住在这里又便。”湘莲正合下怀，便把袋内剩下的箭抽来拿着，道：“我竟聘他令妹为正，若将来再聘者，折箭为誓。”慌得尤奇拉住，道：“大人说了便是。”柳儿自然更乐。湘莲修好了书，尤奇用油纸包好，又拴了一串倭饼，穿着鱼皮衣，赴水而去。朱贵又将秘计说明，湘莲点首，便辞回去，道：“大人连日乏了，安置罢！”

湘莲送了出去，关门进来，见柳儿房门已闭，便去敲门。他里面道：“大人来意已知，功成不过一月，便可钦赐完姻，何必如此草草？”湘莲听了，更加佩服，自回房睡下。次日起来，一切面水、茶点，柳儿都已预备，一会又搬上饭来。湘莲拉住同吃，柳儿只得从权。饭后同在豆棚下，下了几盘象棋。

听得敲门响，开出看时，是朱贵回来，道：“标下兵弁多知会过的，约定在东华寺会齐，随即去关上等候。”

不知后事如何，且看下回分解。

第二十七回　番邦女转世联芳
状元妻故乡撒谷

且说尤奇浮海而去，当晚到了。却值包勇巡查，见了柳家令箭并书，忙传进去。宝玉与郡主商量谁去。五儿上来道：“哥哥有难，我去救来。”原来五儿久与湘莲认为兄妹，倍觉亲热。宝玉道：“很好。你可带香、玉二人同去，芮珠也同去帮着，我这里一面差周姑爷来接应。”柳婉又挑八名女将，立刻开船，到关上已将未牌。朱贵接应进去，同到尤宅。

湘莲一见，笑道：“我算定妹子必来。”便附耳将密计告诉他，他转告知香、玉二人，道：“这是军令。”二人把脸一红道：“如此，还得打扮。但单衣薄裳，兵器藏在那里？”大家听着呆了，柳婉道：“不妨，有我掷花为号便了。”二人忙到棚下，重匀粉脸，再整云发，各着一件西湖碧三镶熟罗衫，水墨纱三蓝绣的衩裤，三寸红鞋，外面各披一件青羽纱褶子，头上戴一个洋笠，随着朱贵进去。

原来黑雾大王性最淫乱，所以借养病为名，与那些大脚科提婆裸逐取乐。那东华寺关本是私渡口子，黑雾因朱贵会溜钩子，特派管关。那日下午先来说道：“有两个南蛮女子，慕娘娘法术，私渡过来从军，还是领他去呢，怎样？”黑雾听了，道：“且慢。你晚上先领他来，我开开心再说。”故而一直领到里面，黑雾已坐守着，见了拉住手，仔细一看，竟有些像“伯嚭见春鸿、秋雁”光景，忙叫快备酒来。两边答应着摆上席来。他俩卸去外衣，十分妖艳，引得大王心醉神迷，又将湘钩横在膝上，弄出旧时姿态，道："天怪热的，也叫他们散散。"

大王笑道："遵命。"伺候人等落得各去歇息。两个左一杯，右一杯，劝了多时，那大王已沉沉大醉。忽见空中掷下一茉莉球来，二人抢上去，一边一个将臂封住，只听"喀嚓"一声，柳婉已提头在手，道："地下不是你矛子么？"三个人舞起兵器，一路杀将出来。到后门，朱贵正在探头探脑，见了将大斧劈开了门，一哄而出。

走不多路，柳儿、芮珠同了女兵也来接应。朱贵引路，到东华寺去会齐。忽尤奇跑来，道："柳大人已下船整顿，请也下船罢。大家取路回南。"柳婉道："且慢！谁同我索性去结果那女的来？"柳儿引柳婉从小路斜叉上去，将及半里，听得船上悲声大振，又见岸上火把齐明，喊道："娘娘即刻上岸。"

柳婉就令尤柳躲着，自己用隐身法立在跳板上，将袖弩装好，等这娘娘上了跳板，"飕"的一响，那白雪夫人已倒身入海。

柳婉见大功已成，忙同柳儿赶来上船。湘莲见了，即刻扬旗升炮，喊道："定海镇全军在此。谁敢上来？"说着，火枪火炮把那些艇匪搅得三分四落。那里外面炮声响处，周震夏又来会亲剿。可怜五千洋匪，蛇无头而不行。乱奔乱窜，死了二分，降了三分，余的逃到下澳去投青霞姑娘去了。

那姑娘正在下澳驻扎，忽见败兵来投，得了兄嫂凶耗，不禁大恸，就命在山上设台望祭，哭得几次晕去，连军中将弁无不失声。这消息报知宝玉，宝玉忙聚众商议，道："他这样光景，大有素服向师、白旗起义的光景，须先去剿捕他才好。"湘莲道："他就不来，难道留这蛮丫头在海上不成？"点了芮珠做先锋，宝玉与郡主做中军，湘莲居左，周震夏居右，冯紫烟为合后，顺风扬帆直抵下澳。

青霞得信，将船只调出海汊抵敌。芮珠见了，杀将过去。那里两个头目，一叫卜耀命，一叫都是史，便来迎敌。在船上战了几合，早被芮珠一枪一个了命，他便施展虎威抢入敌军，左冲右荡，那些船只几乎挣扎不住。

忽见一员女将，披着黄头发，打着联垂，满头戴着都是玛瑙、珊瑚、猫儿眼、祖母绿，身上穿着金丝织的锁子甲洋锦袄袖，拿着双戟。芮珠举枪刺去，他将双戟夹住，喝声“去罢”，早把芮珠跌入海中，亏得包勇、朱贵竭力抢回，已淹得半死。那女将招呼后船冲来，这里船纷纷退后。郡主命香、玉二人接战，战了一回，香、玉只顾上面戟刺，那里知他双戟是浑铁铸的，中间藤裹，下面仍露出铁的葫芦，到紧接时，忽将铁葫芦分开，望这两只小脚一扫，二人跌倒。芳卿见了，忙将马祖棍出战，觉得家伙沉重，想用分身法来制他，青霞笑道：“这也算法？”抓出一把金豆一撒，那化身被金豆一冲，顷刻不见。芳官元神着了伤，也就敌不住了。柳婉随即提刀出救，谅难取胜，因用隐身法暗伤他。他用一小镜照来，已见柳婉在后，便用戟往要害处一挑，险不把芙蓉魂挑破了。柳婉虚晃一刀就走，青霞游水过船。忽见尤柳儿喊道：“慢来！”持斧乱劈，弄得青霞全无主意，亦且战久腿酸，仍即回船。柳儿意尚不舍，他将戟往海一划，顷刻一垛金墙阻路，只得退回。

宝玉见如此利害，甚是纳闷。忽花芳来说道：“昨日降的女兵中有个和儿，就是醉金刚倪二的女儿。倪二前在天津从贼，被乱兵杀死，和儿跟下海来他说：这小姐倒能文能武，十五岁时做了一首诗，中国一位薛姑娘和他相好，带上京去已经传诵。”宝玉道：“是了，就是琴妹妹拿给我们看的。我还记得他结联明明说：‘汉南春历历，焉得不关心？’待我和他一首，叫和儿带去和解和解，看情缘是浅是深？”一面把诗做就，道：

忆得垂髫日，曾联异国吟。
如何人似玉，翻使戟如林。
泣漫燃箕问，缘还并蒂深。
红楼钗十二，迟尔结同心。

后面写着:“《忆旧抒情》(奉和青霞闺友原韵),伏希裁示。宝玉具稿”两行小字。就叫和儿拨一只小船去。芳官也要同去,黛玉道:“倘有差池,这还了得?且等他去,无事再说。”芳官因拂了意,回船吃了几杯闷酒,和衣便睡。睡下见蓉仙来道:“芳妹,我和你一所块去。”拉着同走,前面尚有两人,走至近时,恰是可卿、鸳鸯,大家拉手同到一间屋里坐着。

一个小姐拿幅诗笺默默看着,忽放下叹道:“兄仇如海,万无降理。只好留结再生缘罢。”可卿便附着他耳说会话,他便叹道:“活也是降不可,守不能,不如一死以全名节。”说到这里,可卿望着他拜,他走入房内,解下一条汗巾挂在梁上,可卿忙拉杌子凑过来,他方站上,可卿把自己系的汗巾向他一拂,拉着同去了。这里蓉仙就把鸳鸯往这小姐身上一推,把剑将汗巾割断,向芳官道:“明日早来,大功成矣。”说着就走,芳官赶着问他,忽然梦醒。正坐起脱衣,只见宝玉悄然到来,道:“我因军务愁心,焚信香请蓉仙,直至此刻才来。忽道:‘明日功成,问芳妹便知。’特来问你。”花芳因将前梦说了一遍,决计明日去探信。黛玉因蓉仙之言,也应允了。

且说鸳鸯被蓉仙推醒过来,只见身卧床上,一屋里挤满了人,也有送参汤的,也有帮着捶腿的,见开了眼,都道:“好了,好了,转过来了。”却一个不认得,定了一回神,起主意便道:“你们且退,明日再说。”大家哄然散去,只留两个大丫头在屋里。停了一会,鸳鸯道:“我要睡,你们也去。”方才都出去了。左翻右覆实是不解,剔灯看时,桌上一封书,抽出来看,是宝玉亲笔一首五律,是情诗,又不是情诗,落款是“青霞女史”。再看壁上,有一张宝琴的笔迹,写着“青霞贤姊”,愈生疑惑。看窗上天已黎明,知定有人进来,重又睡下。果然,那两丫头同了一廿来岁女后生进来道:“和儿请示,还是住下怎么?”鸳鸯不知怎么回覆,忽院子里道:“姐姐们回声姑娘,那边贾巡抚因和儿没回覆,又差一位芳姑娘在此,如何发落?”

鸳鸯知是芳官,大喜道:“快请!”和儿也跟着同去,大吹大打,放炮三声，方才吆喝开门，和儿才同芳官进来。鸳鸯道："芳妹妹，你来了么？"芳官道："我为了你来，那得不早，请暂退左右。"鸳鸯把头一摇，大家退出。芳官坐向床上道："鸳鸯姊姊，你悟了么？"鸳鸯道："我正不悟。我自从过去后，总跟着老太太。昨儿，忽叫同了蓉大奶奶去逛逛，遂同到了这里。以后光景你亲见的了。"芳官将前事说了一遍，笑道："今儿也不怕你不嫁'宝天皇''宝皇帝'了。但要做得机密，不可给他们看出。"鸳鸯道："我就吩咐他们，如何？"叫人进来，一面梳洗，一面传鼓升座，就将"天兵势大，枉送性命。愿降者降，愿散者散"的话说了。众人原靠青霞一人，见如此说，谁敢不遵？

青霞进来，留芳卿午宴，托他先容，准于明早投诚。宝、黛二人大喜。次早升座，青霞率领大小三军来中军，跪呈军册。黛玉忙双手拉起，低低叫了声鸳鸯姊姊，就拉入内帐。这里宝玉将军册分交周、柳二人检点犒赏，自己也进来了。

后事如何，下回分解。

第二十八回 未免有情酬月老
似曾相识画花神

却说宝、黛受降之后，次日放炮开船。到了镇海向招宝山逛了一回，另换坐船往内进发。过曹江时，黛玉要去进香，大家同去。只见庙貌巍峨，佳城葱郁，果一名胜。宝玉道："不可无诗！"黛玉便提笔写道：

曹娥庙里鼍鼓鸣，曹娥江上秋潮生。
潮生潮落自今古，渡江死孝成娥名。

宝玉道："这句好！道他心事一语包括，底下让我罢！"因续道：

而今多少江头女，白足操舟自来去。
私祷神前别有词，比肩双玉怜夫婿。

黛玉道："你又混派谁？"宝玉道："总不是你。"黛玉道："你现说'比肩双玉'往那里赖？"宝玉道："难道你是'白足操舟'么？"一笑，动身又游了禹穴、兰亭，直到初五到省。

黛玉因知在城文武预备花红酒席，在乌龙庙与宝玉庆功，便要分路入城。那知探春与湘云商量，纠合了各位太太，在西边一样预备彩棚，鼓吹动处，分头下马受贺，十分热闹。及到署里，但有紫鹃一人迎接，宝玉忙问："四儿呢？"紫鹃道："恭喜二爷，绛霞妹今早子时已孪生双子！"宝玉欢喜，忙谢天地祖宗。到了七夕，又是庆功宴；又是大公子试周，又是两位小公子洗三，合城文武都来叩贺。

锦上添花，人人艳羡。宝玉却也乏了，便歇息了几天。

忽报甄状元、林探花到门，忙命请进。状元先请老师、师母升坐叩谢，宝玉道："妹夫，你再这样，我就恼了。"状元遂同探花行了常礼，探花就去见了他老太太。到午后，宝玉治酒接风，便问："有何近事？"探花道："别无近事，只环三爷已入赘去，那知就是刘姥姥外孙女青儿。因他家本与王府联过宗，故尔继过去的。"宝玉道："近来联宗也多。"状元笑道："这算什么，芸哥儿和小红姐做了亲，林兄弟还自认叔丈人呢？"探花道："也不妨！柳大人和五儿妹妹不一样吗？倒是他托那个人，须替他打算打算。"宝玉问："什么人？"

探花道："我们过天津，那芸哥儿迥非昔比，肥头胖耳，竟是位总管少爷了。一日，不知那里荐一卜姓长随来，二哥收下，就到帐房里参见。那人磕头打千，站住回话，很循规矩，倒是芸哥儿认了一回，认出是他舅舅。细细问他，才说：'实因在窑子里过了几夜，染疮烂去下体，连胡须都脱下了，不敢见熟人，才钻了门子去跟官，荐到这里，已花好一注了。只求少爷看顾些，大人千万勿提破。'仍旧'奴才长，奴才短的'，弄得芸哥没法，托我们带来交给你呢。"宝玉道："颠倒颠倒，实在可笑！且叫他来瞧瞧。"卜世仁忙上来磕头请安。宝玉问他，他也只得直说。宝玉因说："我没有带得太监，派你上房传话罢。"他叩头谢了。席间，又说起要同湘云回家省墓，并要到湖州史太守处一转，宝玉说："极该！"遂择日备船启程。

这里探花在署无事，因到郡主上房闲话。才进内戟门，恰好香怜、玉爱回话出去，对面撞着，忙上前请"舅老爷安"。绛玉扯起看时，隔世同窗，忽然见面，自有"韩厥服改矣"光景，忙进去问郡主。郡主说明来历，探花就要请他试技，郡主道："他们已得军功，不便再颠莲倒玉，只有舞剑尚可。你能看棋胜，我就舞与你看。"姊弟遂布棋对下，真个长日惟消一局，完时已近申牌，郡主恰输了半子。一面摆夜饭，因叫香、玉来告诉原故。二人不敢不依，紧带兜裙，舞将起来，一来一往，真个"浏漓浑脱，不减公孙"。早把探花他像狮子向火烊在座上了。舞罢，郡主道："不可无诗。"探花忙要香怜扇子来，题道：

沉沉更鼓断虾蟆，觞政宽时笑语哗。

低唱浅斟全不惯，剑光如雪拨铜琶。

又题玉爱扇子，道：

酒阑人散漫留髡，瘦骨痴情与孰论？

仿佛王家双姊妹，春红渡口唤桃根。

郡主知他已钟情，便叫香、玉各敬一杯。探花一口双干，道："所不与舅氏同心者，有如白水。"笑着而散。过了几日，湘云夫妇回署，大家接着说起"状元夫人撒谷"一事，宝玉道："我早已记及，因天气太热；又海上的事忙闹了一晌。如今林兄弟吉期已近，不如过了初三，竟状、探夫人双撒谷更妙！"大家说："是。"

到了初三，林绛玉又是新科探花，奉旨完姻。又是抚宪表弟还兼舅老爷仁钱办差，敢不奉承？仪仗鲜明，灯彩华丽，不必细说。谁知新郎到门，里面传出话来："要有了'催妆诗'，才肯请轿。"幸而林郎才占八斗，在茶筵上当将双合笺，用上、下"平韵"做了三十首进去。不多一会，发将出来，圈圈点点，恰如婉儿评沈诗一般。绛玉兀自佩服，只听得里面吩咐："启吹，请轿！"探花忙奠雁领轿不提。

过了两日，平海的恩旨也有了：宝玉着加封定国公，食双俸加尚书晋少保，郡主晋封宣文定武淑惠公主，仍食双俸，荫子定海侯。柳湘莲升浙江提督，世袭都尉，赐金莲炬，与尤氏完姻再赴新任。周、冯俱从优议叙，包勇、尤奇准以护卫用，朱贵准以守备用，芮珠准作武进士一体殿试，花芳、柳婉俱晋封淑人。青霞女封恭人，亦赏与宝玉为妾，宝玉余外诸妾，俱加封安人。大家称贺。

湘莲定了十二合卺，以便十五陪同撒谷。那日繁华热闹，与探花一样，因都是标下承办，倒整齐些。到夜间，两口子在豆棚下已下过棋的，自然更有杀着了。

到了十四，先命预备五乘宪轿，及一切仪从。到十五辰牌，先把探、尤请来陪湘、贾吃了饭，然后吩咐把五家仪从合为一队，挨次先行。共有三里地长，竟是一条软绣街便了。头对状元朱牌，上了正阳门城，这里轿子还未出辕门呢。直等仪从过完，方望见轿子缓缓而行。每乘轿前两对骑马的女侍：一提香炉，一提角灯。只见第一乘，坐的年纪不到三十，丰姿俊爽，体格温和，轿板上放一小小玉盘，盘里贮着新谷，随手撒去，灯笼上写："状元及第"。第二乘，坐的年纪不满二十，体态幽娴，容华明秀；也捧着玉盘撒谷，灯笼却是"探花及第"。第三乘，坐的威而兼媚，朴而能文，别具一种标格，手里捧着一口鸳鸯剑，灯上写着："浙江提督军门"。第四乘，坐的年纪也将三十，端庄流丽，骨重神寒，以手捻海南伽南珠一串嗅着，灯上写着："镇浙将军"。第五乘，绿呢轿幄金黄轿杠，抬轿的多有顶带，轿中坐的年未三旬，真个"秋水为神玉为骨，芙蓉如面柳如眉"，富贵神仙，莫能名议，灯上一面大书："宣文定武淑惠公主府"，一面写："浙江巡抚部院"，手里捧着一枝御赐金如意，后面紧跟香怜、玉爱、青琴、素书，其余侍女不可胜数。从正阳门迎至钱塘门，上来日已睉西。

忽见一年轻女子在冷巷里哭着投井。湘云眼快，便教停轿救人，香怜催马下去，将他救起。探春道："离我们那里近。"大家遂下城，同到将军府来。叫这女子来，问他："因甚投井？"那女子哭道："小的姓金，因姨妈逼我种罂粟花，我才寻死的。"黛玉道："傻丫头，种花雅事，何必寻死？"那女子道："他要我脱了衣服去种，我才急呢！"湘云道："天又不冷，就光着脊梁也不打紧，真真竹坨说的：'怕解罗衣种罂粟，月明如水浸中庭'了。"那女子道："他不但要把我上下衣服脱光，还要我把肚兜儿、蹻摇儿、裹脚儿都去了，光赤体的爬着种。他又邀着几个客吃酒看种，羞答答如何使得！只好自尽罢了。"黛玉心下明白，立刻叫巡捕把他姨母锁来，又问他："你叫什么？"他道："小的叫钏儿。因生的时来一道士，把这臂钏带上，说：

'他有一金锁送与薛姑娘,得了好处,这只金钏送与你,有人取下来的,就是……'"忙住了口,大家齐问:"是什么?"女子没法,道:"就是姻缘。"说完脸全红透了。恰好巡捕把他姨母姓金的拿到,朝上磕头认罪。黛玉便问:"你这甥女怎么来的?"那妇人道:"那年他母亲死了,犯妇见他相貌清秀,养了五年。原想大来学些技艺,那里晓得,人大智大,全不服管教。今日故意吓着他,是有的。求开恩。犯妇本北人,丈夫现在管将军麾下的战饷。"探春大怒道:"知法犯法,罪当加倍!把他男人也锁来。"黛玉道:"这倒不必!"便道:"依你说,你这甥女竟无用之物了。如今我们给你五十两银子,算这几年饭钱,把他带了去,可使得?"那妇人乱叩头道:"太太只顾带去,小的不要钱。"黛玉道:"三妹,今只借重你,赏个元宝与他,叫他队长与本夫都出给,省将来闹乱儿。"探春道:"那容易,全交给我!"于是先叫小轿送了院上去。

大家吃了些点心,重又陪湘云上城撒谷。到正阳门下城,天已昏黑。六街上明月如水,都到院中,宝玉已邀周、柳及各位师爷开筵赏月,随命立即摆席。上席首坐林老太太,对面李纹、尤柳儿,朝外郡主,下厢花、柳,下席首坐湘云,对面探春、贾佛喜,朝外青霞,朝里紫鹃、绛霞。唤了新到一班女档子,清歌妙舞,快饮畅谈,直到二更。听外面锣声,柳、周已回去,然后探春、柳儿也告辞回去,老太太也回西院。

宝玉送客进来,一见钏儿,便问:"那里来的?"黛玉告知前事,钏儿上来磕头。宝玉道:"我试试你看!"把他手拉过来,只见白森森的膀子,黄邓邓的钏儿,乘兴一拉,早已拉下。黛玉笑道:"何如道你,真真狗揽八堆屎。"宝玉道:"还有两堆呢。"就带着醉,后边去了。郡主将钏儿安置与青霞同睡后,然后归寝。

二十这天,先命他二人穿了四、五品命服,拜了和合,方向宝玉夫妇行礼,又请各位尊亲行礼,大家道喜。晚上一样摆席唱戏,比小户人家正婚体面得多呢。坐间,忽林绛玉道:"那月下老人签诗首首都验。姊夫,你求一,得一双。果然娶了两位如夫人。但你曾许重修祠宇,今竟食言了。如何使得?”宝玉道:“阿呀,不错!”忙叫门上来,道:“漪园中月下老人祠快命工修整,限半月完工。”

果然九月初完了。宝玉便择九日祭祠登高。到这日,林、甄二人先去,随后湘莲也来了,然后宝玉一品公服而至。那时太太们坐船亦已到齐。于是先请林、贾、柳、尤拜过,宝玉方同青霞、金钏深深拜谢后,郡主等大家陪祭,因彼此至亲,不容回避,同在望湖楼吃了面。

宝玉道:“今日不可无诗!”黛玉道:“先请你七位谢媒罢!”宝玉道:“当局者迷。倒请你们四位做的好。”黛、探、湘、李推不过,只得做了。黛玉写道:

仙人逆旅巧相遭,翻书月下清光遥
招要未必燃藜杖,邂逅还同索枣糕。
斑斓古锦轻囊色,袖中仙谱何时得?
系足牢牵五色丝,柔情欲化三生石。
茑萝松柏翠阴浓,管领风光色界中。
顾我有情多缱绻,于卿甚事太痴聋。
几人恰恰俦鸾凤,红颜白首都拚送。
蝴蝶蘧蘧栩栩因,鸳鸯世世生生梦。
霄阑听月月有声,举头望月月无情。
琼楼不敢窥仙侣,婚牍何劳问姓名!

探春的是词,调寄《一萼红》,道:

白头翁,掌人间鸳谱,韦固昔相逢。任尔山陬,凭他海澨,红丝牵住芳踪。便得朱陈缔好双,飞蛱蝶、尽日舞芳丛。寄惆怅,年来花开陌上,香火谁供?　　因此沉檀刻像,向仙官早晚,顶礼雍容,红粉三生,青袍万里,每伤陌路西东。愿从此、别开情界,遍尘寰、怨旷尽消融。自在流传渐看,瞻拜来同。

湘云的是七律,道:

鸳鸯谱牒镇年年，管领人家离恨天。
不少朱陈谐燕婉，几家秦晋致缠绵。
赤绳系处金为屋，白石贻来玉作田。
别有痴情向君乞，花须长好月长圆。

湘云写完，黛玉看道："落句像你妹夫病时作的。"李纹的道：

佳话曾从韦固传，万花管领独居先。
多应红线抛难遍，苦海来牵并蒂莲。
贞姣恩仇世上多，偏夸匹偶定无讹。
三生一册无情谱，不顾人间唤奈何。
风流薮泽万千余，姓氏氤氲托子虚。
色界情天吾勘破，不从君看一行书。

大家评阅了一会，重向楼上凭眺。

只听一醉道士在那里唱道：

"但有月老祠，独无花神阁。
美哉此少年，何如贾秋壑？"

宝玉听了大怒，命即拿来。及拿到时，宝玉究竟过来人，看他丰神潇洒，已有三分悔意，问他："你唱什么？"他道："因见红楼，偶触旧梦。唱曲度人，于你何干？"宝玉言下领悟，道："亦欲尽花神，无仙笔耳！"那道士道："不难！但要菱一盘，酒十斤。三日后当绘之四壁。"宝玉即命预备，道："容再请教！"便同黛玉等回来。

至三日辰牌，管祠的来，道："那道人在楼上酣睡三日，今早下来说：'壁已画成，请你大人去'，特来禀知。"宝玉当即同大家去看时，有老的，有少的；有道妆的，有宫妆的，有戎妆的；又像熟，又像不熟。及仔细看时：第一，仙姑打扮，手持梅花，上写着："东皇高之置度外"。第二，旧服含颦，上写着："晚风楼上杏花残"。第三，宫妆模样，上写道："落时青帝合伤神"。第四，垂髫含笑，上写道："夫妇也伊其相谑"，恰拿一枝芍药。第五，身穿命服，头戴一凤，上写道："红裙妒杀石榴花"。第六，一女尼，拿着莲花，上写道："出污泥而不染”。第七，恕似湘娥、罗裙半湿，上写道：“风波不信菱花弱”。第八，一番妆女子，上写道：“一生风露替人愁”。第九，一女子手拿着九龙佩，上写道：“为他晚盖有寒香”。第十，也一女尼，上写道：“再生蓓蕾小春天”。第十一，一女子手持白巾，上写道：“祸有怀胎福有根”。第十二，一老妇人，村庄打扮，上写道：“耐寒且有过三冬”。中间也一老妇，是酿花仙姥，服极华丽，上写道：“冬行春令，寿富康宁”。又一雉尾双挑，身穿青锁甲的女子，写着：“催花仙使”。宝、黛二人看了，心下了然，恰不便说。大家瞻仰欢异，一番拜祭而回。

后事如何，下回分解。

第二十九回　窈窕女投水悟前因
薄幸郎摧花膺现报

却说宝玉才到院署，已报：贾政入阁，宝玉补大司农来京供职。于是大家商量：甄、林也假期将满，李纹到京更有靠傍，探春也要去祝寿。相约俟后任到了，择期同行。惟有芮珠武殿试，即令他先行，并令带银一万去，于省亲正殿另建两进正房，以为冬令风寒，由园中搬回栖止之用。芮珠趱行进京，先到荣府见过贾政，交明信物，随向两府各处拜谒。

那知贾蓉患病甚危，贾珍十分着急，忽于上一夜梦见贾敬对他说道："东西两府，一样功勋。西府里因老太太积德甚厚，目下宝玉夫妇又功在万民，隆隆日起，不可限量。我们这里因尔父子一味淫纵，到得外边有'东府里只两个石狮子才干净得来'的话。前日焦大死后，将前后事情一一哭诉先公。先公大怒，奏明上帝情愿绝嗣，已无可救。幸瑞珠触柱一节，冥中怜其孝义，转女为男，立功海外，即日来府。他与我们本有旧缘，来时可将宝珠嫁他，聊延一脉。切记，切记！至蓉儿病断难好，急也枉然。"贾珍道："老爷说的是不错。但宝兄弟算有功德，琏兄弟他们呢？"贾敬道："琏儿自凤姐死后，着实改悔，兼之平儿一生心地好，又有功于府里，故令他夫贵妻荣，究竟后嗣也难，仍归柳婉所生之子，以偿前件。至环儿并在世不久，三年内就误服犀黄而亡，也断无后。"说罢，将贾珍一推而醒。

次日，恰芮珠来拜，十分诧异，就把宝珠为妇，赘在府里，芮珠应允。后来，贾珍父子相继亡过，所继贾蔷之子尚幼，胡氏、尤氏婆媳茕茕。幸亏芮珠已由武探花做了九门提督，与西府合力照应，才得成立，后话不提。

且说宝玉因绛玉与香怜、玉爱早有成约，就在启行前，择日合卺，然后于十月望日，大队人马起身，一路无事。到京后，宝、黛入朝朝见后，又向宫中及北府请安，归来率领众人拜见贾政夫妇。连日家宴，十分热闹。过了半月，宝玉将应办之事陆续办理。

青霞因告知宝玉，要到铁槛寺替自身拜忏七日，择地安葬，随派了蒋瑶等跟着前往。才得闻起，他嫂子得信便送茶食香纸，并同了女儿奕仙来见。青霞一见便问他："近作何事？"他道："前因府中告假出来，充作媒婆。"青霞笑道："嫂子这嘴，是六国贩骆驼的本最合式。"嫂子道："漫说我正有一事求你。"青霞笑道："何事？"他道："前府里大老爷故后，将嫣红发出来。原说发还娘家，大太太要原价，交我去卖。孙姑爷知道便来寻我，许五十两媒钱，先交廿两。我因私下说与他了。后来邢太太要钱，孙姑爷因他先前大老爷欠他钱，他要抵着。我出了几句说话，他不但三十两不找，连前廿两也要，闹到如今。昨见了你侄女好，要他去抵押前头这二十两银子。他有财有势，我那里扭得他过！故要求你留他住下，以免后祸。"青霞见说得恳切；且那侄女面貌甚熟，便允下了。

那知次日奕仙才起来，已被孙家抢去。出门时，蒋瑶喝住道："这，我们府里的人。谁敢无礼！"那孙绍祖大怒，喝道："并他拿了！"来人动手，一齐架去。青霞赶出来时，事已无及，想要赶进城去寻宝玉，那知行未半里，忽遇着北郡王上园子去，忙将马勒住。北郡王觉得诧异，遣人来问，青霞一五一十告诉了。王爷大怒道："这离园子不远，我即刻去奏办便了。"青霞回去，在朝房伺候。不久北静王出来道："奉旨着九门提督史鼎，立刻传齐校尉速往查拿。"

到了庄上时,里面拷打之声十分哀惨。当即打门进去,只见他把蒋瑶、奕仙男女二人,全身剥光绑在柱上,慢慢鞭责。当即宣旨,将孙绍祖拿下,放了二人。即将家内查抄,竟有无数违禁物件,最奇的是四脚紫貂裤七八条。乃是冬天取乐的物;其次是铜皮做成大小女鞋一套。乃是抢来女子不从淫嬲,就将铜鞋按其肥瘦,火上烧红套上,不怕不哀求听命。史鼎据这些条款请旨,奉旨:"孙绍祖先于贾氏门首枷号三月,再发新疆。"

宝玉谢恩毕,因想:迎春之柩未葬,留在官房殊非正理。因禀明贾政,先择日送至铁槛寺停厝,再行安葬。又因迎春故时,适值贾母丧事,未曾尽心,如今恰好青霞忏事将完,因接下去也在寺中拜忏七日,以便两府里本家及亲戚作吊。又将孙绍祖剥去衣服,只留单裤,跪在阶下碰头还礼;令蒋瑶拿着皮鞭在旁察看,不还时,即刻一鞭。自作自受,后悔无及。

且说两府里那时无人不来,自郡主以下想起旧情,无不纷纷落泪。宝玉道:"那时二姊回门时,依我回明老太太留住不放去,那有此事? 偏太太说:'夫妻间将来自会好的'。"探春道:"二哥哥,你做了大人,怎么说话还有些孩子气。"郡主道:"这就是孟夫子'大人者,不失其赤子之心'的话头了。"宝玉正搭讪着不好意思,忽馒头庵尼姑来辞先回去,说:"有一位林老爷在庵里,差人来叫。"宝玉道:"一定是绛玉兄弟,待我去看!"便出来骑马而去。

原来林绛玉带了香怜、玉爱,也来祭奠。祭后,因嫌人闹,出看野景。忽远远望见一庵,绛玉心动,道:"这庵景致甚好,何不去逛逛?"就同他二人策马到庵,只见写着:"水月庵"三字。绛玉奇道:"路径甚熟。此坡记得共二十三级,试数来。"及到上头,果一级不错。逛了一回,随往西边走去。忽见一房悬着一像,上题道:"智能小像"。香怜道:"这不像大奶奶么?"绛玉看来,一丝不错,大家诧异。出来要找尼姑问时,偏多去送葬未回。

正在徘徊,忽来了一闲汉,不知说了一句什么不相干的话,早被爱玉一掌，他又奔过来；又被香怜一脚踢去有三丈多远。他起来道：“了不得！这府里的家庵，倒被你外人把府里至亲打了。不叫公爷就处你个死，我是你的儿，也不姓金了。”一路骂出去了。探花走出去理论，只听旁人道：“这男女要吃亏了，芸二爷来了。”探花抬头一看，那知贾芸早上来打千，道：“请表叔安。”探花又气又笑，道：“问你，姓金的是你们什么至亲？”芸哥道：“大叔不用问，侄儿叫他来。”随即拉他跪在阶下，叩头求饶命，才晓得他叫金荣，因笑道：“我不要紧！但你不算金家子孙，如何是好？”

正说着，又报公爷到了，连贾芸也急得没法。宝玉道：“兄弟好呀！”探花方要开口，贾芸忙拉衣襟，因改口着：“我有事问你。”就将方才数阶级，及小影等事告诉。宝玉道：“我明白了。”随将秦、智二人前世姻缘事说知，探花大惊。恰好尼姑们也来了，探花便问：“智能骨塔在那里？”众尼道：“离此不远。”探花道：“既如此，待我也替他二人前身做三日功德，寻来合葬。”大家说：“好！”尼姑们更乐不可言。

果然择了吉日，就在空地建了三冢：一冢上写林绛玉、贾佛喜前身秦钟、智能合葬之墓。一写青霞、金钏前身之墓。一写闺秀贾二小姐迎春之墓，十分坚固。

宝玉因想：“贾代儒至今未葬，小时亏他教导。”就请了他次孙贾埌来，送银三百两，叫他择地安葬，并他亡兄贾瑞也附在旁边。他千恩万谢而去。又因蒋瑶、奕仙已同被孙绍祖赤体受辱，就配做了夫妇。那知这夜，忽梦潘又安、司祺来谢。又因焙茗很出力，就向东府里要了那万儿与他为妾，完其心愿。诸事已渐楚楚。忽花、柳二人同日生子，大家热闹，一番庆贺，不必细说。

过了几日，芳官独坐在房，柳婉来说：“春燕要见你。”随即进来行礼，芳官忙拉住问好，又问：“干妈好。”春燕道：“我的妈本也要来替淑人道喜，因怀着旧事不敢来。”芳官道：“这有什么？我如今又不要他洗头了。”因问：“你外边好么？”春燕含泪摇头。芳官道：“你前听了二爷屋里人全放出去的话，你很喜欢，怎么又这样？”春燕道：“千错万错，总是出去的错。如今求你老恩典，收了我回来，感你不尽。”芳官道：“差使有一个，你要不要？现在二爷要配四个管家娘子，在园内传话。但二爷脾气你晓得的，总要他旧人才好，不拘风花雪月，总不避忌。已挑了麝月、秋纹、雪雁三个，你要，我就替你说。”春燕大喜，适值宝玉进来，一说便中。

后事如何，下回分解。

第三十回　七旬翁开筵庆寿　十二美分屋藏娇

却说那年贾政恰值七十双寿，本不肯做，三月前皇上先降一道旨，道："凡贾政至亲、近族，如有愿来京祝寿者，准其乞假。"于是周震夏、柳湘莲、薛蝌、甄宝玉、贾琏等，都纷纷来京。黛玉先命将铺垫、灯彩、陈设等项一检，除家中所有外，尚少一千余件，因寄银万两至苏，托薛蝌办理。到了八月底，一切俱已完备，忽宫里有信，知皇上与贵妃于初一日先来锡嘏。这一忙，更不可解。

届期辰牌，先来了无数执事太监，随后来了几十对豹尾枪，又许多公侯及銮仪卫人，方才一乘六十四人抬的黄缎帷鸾舆，中间端坐圣驾，旁坐贵妃。贾政合家男妇望见，都在大门外跪接。候銮舆升堂坐定，贾政率全家在丹墀行三跪九叩首礼后，圣主命宣老夫妇上堂道："卿今双寿，特酌延龄仙酿，以助长年。"内侍便从金盘内，跪献两玉杯仙酿：上亲递一杯与贾政，贵妃站起递一杯与王夫人，皆叩首饮讫，复命扶起赏坐，说了些话。贾政夫妇连忙跪献奶茶；又用金碗各献燕窠面一碗，原来燕窠面乃捡大白长条官燕，用鸽蛋清粘成的。上用过后，向贵妃道："朕今先去，让汝骨肉团叙。"随命起驾。

贾政全家仍至大门外跪送。后贵妃设垫，请贾政夫妇行家庆礼。贾政夫妇跪下，扶起。请贵妃南坐受朝，贵妃道："适已行礼，不必再劳。”只命未见过之尤柳儿、贾佛喜、环妻王氏、兰妻柳氏进见。又命青霞、金钏进见，笑道：“鸳鸯姐，你再世还在我家，终跳不出我大老爷手里。”黛玉道：“代他嫁的嫣红，还亏他报仇，可见他本领大呢。”又问金钏：“你与玉钏，如何称呼？”回道：“彼此俱叫姊姊的。”贵妃点头，又问道：“林表弟的如夫人，如何不见？”忙令香、玉锦衣花裙进叩。贵妃道：“昨见《定海录》，你的功不小，还不曾受封么？”郡主道：“还未。他二人舞剑甚好。”贵妃道：“少停，请教。”因说道：“林姊姊，宝姊姊，同我到蓉仙祠拈香后，再到我旧屋里走一遭，就请姨妈、太亲母安。家里可就摆宴。”

去了一会，回来即上座开宴，吩咐不必唱戏，令香、玉二人舞剑。只见初时，一往一来，疾徐有节。一会儿舞到急时，寒光耀眼，一团冷雪，一会儿也不见人，也不见剑，“飕飕”的响个不住，忽然收住，脸也不红，气也不喘。贵妃不胜欣赏，命即入座侍宴，并许他奏明封赠。因命预备的十六名女清音，同八个小宫女唱《君子万年》的诗，又唱《葛覃》三章，唱完钟已六下。太监呈上赏物单，贵妃命格外赏香、玉二人麝红香珠两串，大红缎两匹。亦即启驾回宫。

次日，贾政等进宫谢恩后，就派定凝禧堂受礼，省亲别墅王公大人等吃面，请北静王、史侯、柳郡马、甄宝玉，贾珍陪客。瑞禧堂翰林、科道、各部司员及外任司道吃面，请梅翰林、甄潇雨、柳湘莲、薛蝌、贾琏陪客。梨香院各府亲友吃面，请大、小周姑爷、寿姑爷、林绛玉、贾芸陪客。堂眷中间：王夫人上房，各族太太吃面，尤氏、柳郡主、史湘云、李纨陪客。东边贾母上房，各亲友内眷吃面，巧姐、探春、李纹、胡氏陪客。贾琏上房，各位受封的太太们吃面，薛宝琴、贾佛喜、尤柳儿陪客，都是戏席。又在梨香院设清唱，凡爷们爱清静，及有服的，都在那里坐落，贾蔷、芮珠照应。在会芳馆设立女清音，请太太们爱清静的，及各处姑娘们吃面，就派六位姑娘陪侍。那一天花团锦簇，酒海肉山，说也说不得许多，只说吃面吃了九千多碗，酒席上、中、下开了二千多桌，也可观了。

贾府规矩，当日只有家宴。到了午牌，客渐稀少，重新请贾政夫妇上寿。一应客亲，辞不敢当。先是林外甥绛玉夫妇叩祝，次是女婿探春夫妇叩祝，次是孙女婿巧姐夫妇叩祝，然后侄儿珍、琏、侄孙蔷、芸等叩祝，后方是李纨率贾兰夫妇叩祝，宝玉率二妻八妾五子一女叩祝，随即合家女下人等叩祝，又男下人等俱在丹墀下叩祝。内中有两个穿命服的赖荣、包勇叩毕。各戏班合唱上寿。又十六个女清音唱曲上寿毕，后开宴，已是申牌。家庆团圆，大家称贺。

酒至八分以后，贾政点的那一本《邯郸梦》，已唱到："你是个痴人"的时候，忽听得道："你何不唱你是个仙人呢？"只见一人仙姑打扮，手捧霞杯，向上道："老爷、太太，晴雯稽首了。上寿来迟，伏祈见谅！"贾政忙站起回礼。蓉仙道："请两位大人满饮此杯，定卜百年偕老！"老夫妇忙接来吃干。他回头向郡主道："花月寄声，也须一阁。"唳鹤一声，跨了便去。家里因即罢席。嗣后，贾府中日日请客，直至一月之久，方得完毕。

忽一日，贾政命另备几席，请至亲几位老爷、太太议事。席上，贾政说："我七十年中风波饱历，少壮时，颇复温饱，动家产后，几乎不能自存。后蒙圣恩发还，亦难循名责实。这几年来渐次恢复。我今向平已毕，特将田产及典中本银为尔等分析，毋得彼此牵连。"因拿出分单来。原来贾府田产也不过三百八十四顷，宝玉、环、兰各分百顷，余存公，为老夫妇膳后田及公用。当本共四十六万有零，宝玉及贾兰各分十五万，环儿庶出分十万；余者因林姑太太早卒，前老太太未及留赠，今酌赠一万与绛玉，湘云老太太本许他出嫁，后适病中未曾办理，补赠三千，探春只此一女，也再赠千两；李纨敬他青年守节，赠银五百，又拿一万为义学膏火，又一万留为贫穷亲友炭资，斟酌致送。住房贾兰长房，分与中间。宝玉人多，且所造新屋即在园旁，分与大观园一直落。贾环本无需房屋，俟贾政百年后，将贾母所住房屋付与，大家无不心服。

到了次日，贾政托疾乞假。初时不允，后再三请恳，方降旨道：“贾政加太师予告，仍食全俸。”那时，在朝诸人，个个都想枚卜。那知旨意下来，道：“所遗文华殿大学士缺，即着宝玉补授，宝玉所遗尚书缺，贾兰补授，贾兰侍郎着贾琏顶补。”宝玉又保举潇雨入书房，绛玉入枢部，得这两个至亲门生帮着，倒觉得清静了许多。因将新造前进屋自与郡主居住，左五间芳卿、婉卿分住，右五间青霞、紫鹃分住。后进：上供蓉仙，下住宝钗，恰分靠西间住袭人，靠东间住值宿的麝月等，其左五间金钏、玉钏分住，右五间绛霞、莺儿分住。春分以后，天气和暖，乃各入园。

每日宝玉上朝回来，到贾政处请安后，便在园中与众美作乐。宝玉每与妻妾小宴时，有一温凉玉杯，乃心爱之物，酒酣必拿出来，先自吃了几杯，然后斟满递与那人，便是住宿暗号。那家丫头便回去开樽设榼，拂席铺床，整办私宴。又令各院檐下设立灯竿，各挂彩灯。入晚时，一齐点起，俟归宿何房，余灯俱灭，只有那房点着。见者啧啧，那种风流快活，仿佛前人诗里道：“凭他一管生花笔，画日归来又画眉”，以及“笙歌归院落，灯火下楼台”之光景。

一日，适值花神阁告成；又值郡主诞日。宝玉正在团圆寿宴，忽听檐前端叫道：“宝二爷，葫芦庵里引凭谁？今日团圆十二钗，将假作真忘我为。”宝玉看时，是当年养的那鹦哥，忙出席招他，他叫道：“我年来皈依普陀，已与秦吉哥同证佛果，特来一别。”说罢，展翅飞去。

宝玉想起旧事，因道：“我做几首《红楼忆》，请教！”郡主道：“很好。说着谁，谁喝。”那时天气尚冷，宝玉穿着雀金呢。因写道：

红楼忆，最忆雀金泥。织比弓衣心力巧，压残银线喘声嘶。刀尺病中携。

写出后，恭恭敬敬向蓉仙奠了一盏。又写道：

红楼忆，最忆旧罗巾。湿尽鲛珠千点少，题残鱼素几行匀。珍重为谁人？

黛玉道:"该打!"就吃了一杯。又写道:

红楼忆,最忆串香红。色配凤罗轻叠雪,香生麝屑静迎风。玉臂可羞笼?

宝钗道:"说起这劳什子,我怨死了元妃!"黛玉道:"酒却不怕不吃!"就灌下去了。又写道:

红楼忆,最忆洗头盆。金剪抛残应有梦,玉梳落处腻典痕。旧事枕边论!

芳卿吃了酒道:"二爷,该罚一杯!元霜丸为着谁?"宝玉一笑,吃了。又写道:

红楼忆,最忆露玫瑰。味胜茯苓磨旧粉,红如葡萄泼新醅。为尔起嫌猜!

柳五儿吃了酒,笑道:"夏金花如今也给我收拾够了。"又写道:

红楼忆,最忆镜新磨。拜到团圆诗有谶,照来憔悴病生魔,真号紫珍么?

紫鹃也吃了一杯。又写道:

红楼忆,最忆是莲羹。宛似花开浮影艳,居然叶小得香清。一呷解朝酲!

玉钏也吃了一杯。又写道:

红楼忆,最忆润津丸。接吻只教香乍暖,回头不奈雪同寒。古井山生澜!

金钏道:"莫又教太太知道!"笑着,便吃干了。又写道:

红楼忆,最忆捣胭脂。溅面红残留作幌,嚼唇味美胜于饴。再世可仍知?

青霞也吃了一杯,道:"宝皇帝,如今叫他来看,也无益了。"宝玉又写道:

红楼忆,最忆线垂金。五色丝偏工覆手,一钩络与结同心。疗妒尔偏禁!

莺儿吃了。宝钗道:"我的房里人疗妒,说谁该罚?"宝玉道:

“我用黄莺故事。”又要吃,也同干了一杯。又写道:

红楼忆,最忆蕙初花。唤作夫妻原有意,生来日月本无差。寂寞读南华。

绛霞一笑,饮干。郡主道:“还有要忆的么?”宝玉道:“有。”又写道:

红楼忆,最忆茜香寻。我见犹怜羞逝水,谁能遣此散朝云?十载枉辛勤!

郡主道:“这个人,还想他?该罚三大斗。”大家齐声说:“极是。”宝玉道:“罚便罚,让些何如?”大家不依,宝钗道:“这是我误他的,代罚一斗。”宝玉连饮两斗,颓然大醉。

要知醉后何如,且看下回分解。

第三十一回　汇群芳梦中说梦
结全案圆后重圆

却说袭人自被芙蓉仙裸责四十桃花板后，自知罪悔，焚香扫地，小心供役。后来见王凤姐多少大案，全亏蓉仙一人超豁，也动了乞恩的心。每日早晚虔心磕头默祷，寒暑无间。独有这日，郡主前面因开寿宴，笙歌鼎沸，十分热闹，自己也是生日，守着空祠，寂无人问。到晚饭时，吃了几杯闷酒，抱着琵琶弹了两曲，觉得难受，随即卸妆，拥被朦胧欲睡。忽见宝玉走来道：“姐姐，你本是我旧人。今日又你好日子，我特偷空与你叙叙。”说着便猴上身来，要与他干那警幻教可卿的事。袭人久求不得，如饮琼浆。

忽又听得叩门声，袭人忙出看时，恰是两个女侍，道：“仙妃叫你。”袭人想：因这事败露，蓉仙又要他去裸体受刑，急也急死，羞也羞死，无可奈何，随着前去。只见仙妃坐在中间，两旁侍从花明柳霭，十分端丽。三通鼓罢，一仙妃跪禀道：“花朝吉日，禀放参谒牌。”不一时，只见两个女子飞舞而来：一武妆的道：“我乃左界英烈催花使媿婳夫人。”一文妆的道：“我乃右界贞烈催花使张金哥，敬参仙妃。”仙妃道：“吉日良时，请烦仙使速催十二月花神任事！”二人道：“领法旨！”打马去了。

不一时，只见贾母颤巍巍柱着杖，向上作礼。蓉仙即忙避开，贾母道：“我早证仙班，为误了两玉儿姻事，迟至今日，幸前缘已续，上帝敕为护花仙姥，到任去也。"又见妙玉道妆姗姗而来道："我蒙帝敕因成就珠玉姻缘，命为花神之首。今日到任，特来走谒。"蓉仙忙稽首，回道："请任事。"又见元妃娘娘乘鸾下降，向上作礼。仙妃忙站起来道："贵妃少礼。"元妃道："我本福寿双全，十二钗中第一福人。因赐麝红香串时，妄示异同，拆了珠玉良缘，上帝震怒，夺寿夭折。今幸前缘复续，可赎前愆。蒙敕为三月花神，辞了仙子，即到任去也。"又见迎春也跟着上来道："我亦蒙帝命敕为二月杏花神，特来敬参。"参毕，姊妹双双不见。又见王凤姐道："我死后种种罪案，已仗仙师法力，得以豁免。今又蒙奏为五月花神，尤当叩谢。"说着，已跪下去。蓉仙忙拉住道："种因得果，与我何干？"又见尤二姐也来道："我仗仙师法力，得为九月花神，也当叩谢。"又见一垂髫女子，同两个年少女尼，道："我们是药官、藕官、蕊官，蒙分别敕为四月芍药神、六月藕花神、十月玉蕊神，特禀任事。"又见香菱也盈盈欲泪道："我蒙仙妃奏为七月花神，特来谨参。"仙妃道："香菱姊姊生前受屈，如今宜培护并蒂菱花才好。"又见十一月花神可卿也来谒见，仙妃道："荣宁之事，皆由大奶奶起。于月一阳初动，万卉含春，务祈留意。"又见十二月花神刘姥姥也来禀参，仙妃道："姥姥，你年高寿考，如今群芳园里，正好与老太太作伴儿了。"请示诸神，随各纷纷散去。

仙妃复站起，向南叩齿道："既可借形，亦可借神。是一是二，非假非真。速请青霞姐姐到坛。"只见番装女子，随召而来。仙妃道："姊姊躯壳已被鸳鸯姐姐借去，原神无着，本宫统领仙曹执掌甚繁，欲代司八月花事，未知可否。"女子道："领法旨。"仙妃将手里芙蓉递与他，也不见了。

蓉仙方南面坐下，吩咐招魂。只见王善保家的来求脱生，仙妃道："你这东西，从不说人好话，逞凶为恶，罪重十分，罚你做一臭老鸦，以偿夙孽。"又见他的表嫂吴贵的女人，因狐精迷死之后，仍被缠绕，要求脱生。蓉仙大怒道："我病到如此，你全不照顾。宝二爷来看我，你还拉住图奸，如此无耻。今日还有面见我么？”吴妇叩头不已。仙妃亦准脱生，罚为鸮鸟，专在人病中作耗的。又见鲍二家的拖着脖索来求仙妃，罚令作浪鸭子。又见夏金桂同宝蟾来叩头道：“我因生前好淫，现在酆都罚入青楼，每月要征夜合银十两，少时即行严比。今值法会，要求施恩。”仙妃道：“自作自受。如何能度？今姑准脱生为花鸨，以偿淫孽。”又见死过桂花儿、小蝉儿及坠儿来求生，仙妃道：“桂花、小蝉诬害平儿，罚作狮子狗。坠儿有心偷盗，罚作松鼠。”又见净虚来求生，仙妃罪他做蜣螂。赵姨娘、马道婆也求生，仙妃道：“你二人咒诅生人，罪在不赦。今姑准赵姨娘为蛇；马道婆便为癞蛤蟆。”他自恃有符咒会遁，与姨娘气味相同，仍罚令每年被赵姨娘所化吞食一次，以偿所骗银两。发放将完，忽一老嬷嬷来求，却是宝玉乳母。仙妃笑道：“你等着吃腐皮卷子罢了。你来做甚？今日判你做只老母鸡去罢。”大家叩头散去，方叫袭人上去。

蓉仙道：“你与我本旧时姊妹；你又宝二爷开山祖师，何若要这么折磨你？你不知阴司最重隐恶，你私下一举一动，设计拆散珠玉良缘，早被日游神申报天曹。罚你嫁与小旦，尚不偕老。你到府里还敢再逞故智，幸被责后，便知改悔。我已将你名附在十二钗之末，但梦中一度春风之后，不得再生妄想。”袭人道：“仰蒙恩典，感激不尽，但十二钗不知是那些人？”仙妃道：“正十二钗都与宝玉有事的，副十二钗多与宝玉有情的。今发下，你看。”说着，一仙女将两本册与他看。

袭人展开时，第一幅上既非人物，又非山水，只见水墨濛濛，别饶仙景；几行字迹道：

> 霁色长新，彩云似滃。
>
> 天上人间，三生情种。

袭人心下明白。又看第二幅，两株乔木上悬着一围玉带，也有诗道：

泪昔鲛人洒，箫今凤女吹。

荣华谁第一？偕老万年枝。

再看第三幅，一堆雪埋着金钗，也有诗道：

如此停机德，何如咏絮才？

小星光替月，金玉两无猜。

第四幅，一只紫色雀子，也有诗道：

最怜叫断三更月，恰得双飞过一生。

第五幅，一枝半开花，也有诗道：

南国人归证果禅，花芳月满续前缘。

第六幅，画五枝柳叶，也有诗道：

问讯泉明种，生来性格乖；

春风吹去远，夫婿早封侯。

第七幅，画一支鸳鸯，写道：

前世恩，今世仇，帐中娇客，知也否？

第八幅，画一只金镯，写道：

妾心古井水，是一还是二？

第九幅，画一只玉镯，也写道：

无虑无忧只受恩，须知桃叶胜桃根。

第十幅，画一枝九节兰，写道：

同日同时，九碗香滋。

第十一幅，画一只黄莺儿，写道：

遇生不遇时，空啼出谷枝。

末一幅，画一枝残花，一片破席，诗道：

漫道优伶有福，谁知公子无缘。

历尽风流小劫，最后恰是最先。

袭人方看完，上面问道："你悟了么？"忙道："悟了！"

仙妃又道："十二钗副册，乃是仲妃、史湘云、薛宝琴、邢岫烟、探春、李纨、李纹、李绮、平儿、巧姐、尤三姐、贾佛喜，你也记了。"袭人只是叩头。

仙妃道:“你意我已知道,付你镜子一面。”袭人忙接看时,恰像自己与宝玉吃醋,宝玉将簪折断,及赌咒不到黛、湘处去的光景。仔细看时,又像在蒋琪官家,将汗巾彼此交换,及前回书中被蓉仙看见他两口子行乐的光景。再看又像琪官将自缢那条茜罗汗巾,扣在他颈脖子里拉他同去,宝玉恰作僧装,拄杖拦住他光景。又看时又黑洞洞地。袭人心中忐忐忑忑,解不过来。将镜合好,上面恰写:“风月宝鉴”四字。想起贾瑞事来,愈觉烦闷。正朦胧欲睡,忽听得耳畔微吟道:诗云:

珠玉本良缘,重逢四十年。
但凭青管镂,不问赤绳牵。
是是非非地,空空色色天。
此门有真意,莫向俗人传。

《红楼圆梦》点校说明

《红楼圆梦》三十一回。题长白临鹤山人撰。实不知何许人。书前楔子中，作者又自称梦梦先生，号了了，亦属子虚乌有。就其出版年代，应属乾嘉时人。署地望“长白”，或作者也是满族人。据《楔子》称本书超过《红楼复梦》《续红楼梦》《后红楼梦》《绮楼重楼》，则本书成书在这四部续书之后。

版本有日本天理图书馆藏嘉庆十九年(1814)红蔷阁写刻本，不署撰人名氏。内封题：“嘉庆甲戌(十九年)孟冬新镌”。首有《楔子》，自称“梦梦先生”，本号“了了”。

又有天津图书馆藏光绪二十三年(1897)上海书局石印本，增加了光绪六如裔孙序及图像七页。序称作者为“长白临鹤山人”。六如系佛家语，指以梦、幻、泡、影、露、电，喻世事之空幻无常。明代唐寅曾自号六如居士。六如裔孙可能是江南或上海一唐姓人士。

光绪二十四年上海书局本序末改署“江左好游客”，书名改题《绘图金陵十二钗后传》。

光绪三十一年本，序末改署“聊寄子书于沪江”。

又有南京图书馆藏民国二十四年(1935)上海新文化书社排印本。

本次点校，以天津图书馆藏光绪二十三年上海书局石印本为底本，以嘉庆本照片参校，改正了光绪本的一些错字。

《楔子》称“前书所有尽有，前书所无尽无。一树一石，一人一物，几于杜诗韩碑，无一字无来历。却又心花怒放，别开生面，把假道学的阴险如宝钗、袭人一干人都压下去，真才学而爽快如黛玉、晴雯一干人都提起来，真个笔补造化天无功，不特现在的《复梦》《续梦》《后梦》《重梦》都赶不上，就是玉茗堂“四梦”以及关汉卿《草桥惊梦》也逊一筹”。这段话虽系夸张之辞，但却能概括《红楼圆梦》的目的和文旨。

《红楼圆梦》内容属人物复生模式。书接《红楼梦》第一百二十回，贾政自葬母北还，虽升任京堂，但家中总是入不敷出，难以摆脱经济困境。不上一年，贾赦身故，家事更加艰难，贾府仆妇丫环逐渐散去。宝玉房中丫头芳官随柳嫂子、五儿母女南归，中途独自去寻找兄长，忽逢妙玉。妙玉已尸解成仙，向芳官讲明黛玉将还魂与宝玉完聚，宝钗、袭人等阴险之辈则另有报应，并付给她一粒定魂丹，去帮助黛玉起死回生。芳官第二天同主儿来到林氏祠堂，黛玉坟土被白鼠扒开，棺盖已经撬松。五儿、芳官将棺盖轻轻揭起，只见黛玉已能微微呼吸，眼角睁开，服下定魂丹后完全复活。棺内有珠八斗，俱是眼泪所化。五儿姨妈家在洋行里，洋人识得其中一颗宝珠是他们的国宝，黛玉慷慨相赠，洋人十分感激，一一指明各珠妙用，并以二十万两银子和十万石米酬谢。这时贾政已获悉黛玉复活，正来扬州勘实，黛玉以十万石米赈济灾民，皇上封她为“淑惠郡主”。

宝玉自从科考出场迷失，随和尚出家后，得师父“息壤”，平息洪水，因而被加封子爵。贾政升授兵部尚书，宝玉补授贾政之缺。这时贾政想宝玉疯病，实因黛玉而起，逃走出家，也因黛玉。痛悔让宝玉娶宝钗之失当。最终宝玉与黛玉奉旨完婚，宝钗被休，悔恨羞愧地离开贾府。黛玉又安排紫鹃、芳官与宝玉圆房。黛玉又向皇上为宝钗求情，宝钗被封为淑人，与宝玉重圆。封晴雯为芙蓉神，在大观园立祠祭祀。

随着一些紧张意外的事件。贾环因伙同袭人丈夫琪官勾引忠顺王府三阿哥,被贾政责打后仍不思改过,又与王善保家的、邢夫人沆瀣一气,诬陷平儿,幸黛玉明察,严惩了王善保家的。忽报关部书役串通海盗,私开洋禁,偷放米石及火药出洋,皇上派宝玉往彼查办,宝玉慷慨直言请行。于是龙颜大悦。宝玉到沧州适值敌兵攻城。宝玉将黛玉所赠辟兵、辟火两珠挂在身旁,在巡城之前,先到书房烧信,请芙蓉神指示,得晴雯请来嫡夫人神兵助战,把贼兵杀得掉头逃窜,只剩下二十余人下海逃去。勾结海盗的有当年贾政做粮道时闹事的门上季十、原贾家仆人鲍二,二人均被枭首示众。贪赃枉法的关部赵全是当年查抄贾府的锦衣卫太监,这时却被宝玉奉旨抄家,并问成绞罪。宝玉剪除了盐枭,班师回朝,晋封一等侯,加兵部侍郎,赐尚方剑。

薛蟠此时恶习依旧。一日蒋琪领徒弟小怜来到薛蟠处,薛蟠留作娈童。小怜又与宝蟾恣意淫乐,家财也被他们卷去。一日薛蟠与柳湘莲去沧州散心,被一只鹞鹰翅膀里藏着的一块碗片,刺中而亡。

惜春自画像一日被皇上看见,圣心大悦,命三日内册命入宫。

袭人的丈夫琪官因徒弟牵连下狱自尽,袭人又回到贾府,但宝玉不肯原谅,黛玉遂派她看守芙蓉祠。芙蓉神晴雯历数她的罪过,着实羞辱了她一顿。接着又狠狠打了袭人四十大板,

凤姐生前作孽,死后在阴间受到了罪责。一次夜至三更之时,巧姐在似梦非梦之中,忽见走进一人,大脚,只穿叉裤一条,用铁索牵着一个人:玉容憔悴,云鬓蓬松,半旧衣裳,糊模血迹。巧姐定睛一看,竟是凤姐。巧姐醒来,哭到天明,随即沐浴斋戒,把原委做了篇疏文,忍痛刺臂用血写下,到阁上求芙蓉神晴雯超救。巧姐在神思恍惚之中,忽觉繁星照地,鬼气逼人,听到云板三声,急忙看时,只见灯烛辉煌,蓉仙已端坐在上,阶下仪仗十分整肃。凤姐还有五件大案未结:一是违旨抗婚;二是重利盘剥,恃势玩命;三是男淫女妒,冤死莫伸;四是贪赃毁节,连毙二命;五是狡妒惨谋,冤死莫伸。

所有五大案件都因蓉仙帮助才得以脱救。巧姐与凤姐相见之后，向蓉仙磕头称谢，与宝玉商量摆宴重谢蓉仙。

宝玉外放浙江抚台，携黛玉、芳官、五儿等上任，途经扬州，黛玉与亲弟绛玉重逢。绛玉与贾雨村之女佛喜订亲，上京会试中探花，同科状元为湘云之夫，传胪为巧姐之夫。宝玉在浙江逢海盗作乱。与柳湘莲平定海盗。柳湘莲在征战中觅得佳偶柳儿（尤三姐转世），鸳鸯得晴雯之助借下澳番女之尸还魂。宝玉班师回朝。

全书以花袭人的梦境收场：袭人自被芙蓉仙裸责四十板后，自知罪悔，焚香扫地，小心供役。后来见王凤姐多少大案，全亏蓉仙一人超救，也动了乞恩之心。每日早晚虔心磕头默祷，寒暑无间。只有一天，郡主因开寿宴，笙歌沸腾，十分热闹；自己也是生日，守着空祠，寂寞难耐。到晚饭时，吃了几杯闷酒，抱着琵琶弹了两曲，觉得难受，随即卸妆，拥着被子朦胧欲睡。忽见宝玉走来，一边说话，一边凑上身来要与袭人干那警幻教可卿的事。袭人久求不得，如饮琼浆。忽然听到有人敲门，袭人开门见是两个女侍，说蓉仙叫她。袭人立刻慌了手脚。内心猜想，一定是此事败露，蓉仙又要她去裸体受罚，又急又羞，无可奈何，只得随着前去。蓉仙道："你与我本旧时姊妹；你又是宝二爷开山祖师，何苦要这么折磨你？你不知阴司最重隐恶，你私下一举一动，设计拆散珠玉良缘，早被日游神申报天曹。罚你嫁与小旦，尚不偕老。你到府里还敢再逞故智，幸被责后，便知悔改。现已将你名附在十二钗之末，但梦中一度春风之后不得再生妄想！"接着仙妃又告诉她，正十二钗是与宝玉有事的，副十二钗是与宝玉有情的。说着让一仙女将两本册子递给她。袭人展开时，第一幅上既非人物，又非山水，只见水墨 ，别饶仙景，隐隐只见九行字迹。其余的也是别有趣味。末一幅，画一枝残花，一片破席，诗道：漫追优伶有福，谁知公子无缘；历尽风流小劫，最后怜是最先。

仙妃又告诉她，十二钗副册是仲妃、史湘云、薛宝琴、邢岫烟、

探春、李纨、李放、李绮、平儿、巧姐、尤三姐、贾佛喜。仙妃最后付给袭人一面镜子,甚是奇幻,袭人正朦胧欲睡,忽听得身畔微吟道:

珠玉本良缘,重逢四十年。
但凭青管锼,不问赤绳牵。
是是非非也,空空色色天。
此门有真意,莫向俗人传。

敖 堃
2015年12月于南开大学